D+

dear+ novel

Le dit du premier amour du renard rouge・・・

紅狐の初恋草子

鳥谷しず

新書館ディアプラス文庫

紅狐の初恋草子

contents

illustration：笠井あゆみ

紅狐の初恋草子
くれないぎつねのはつこいぞうし

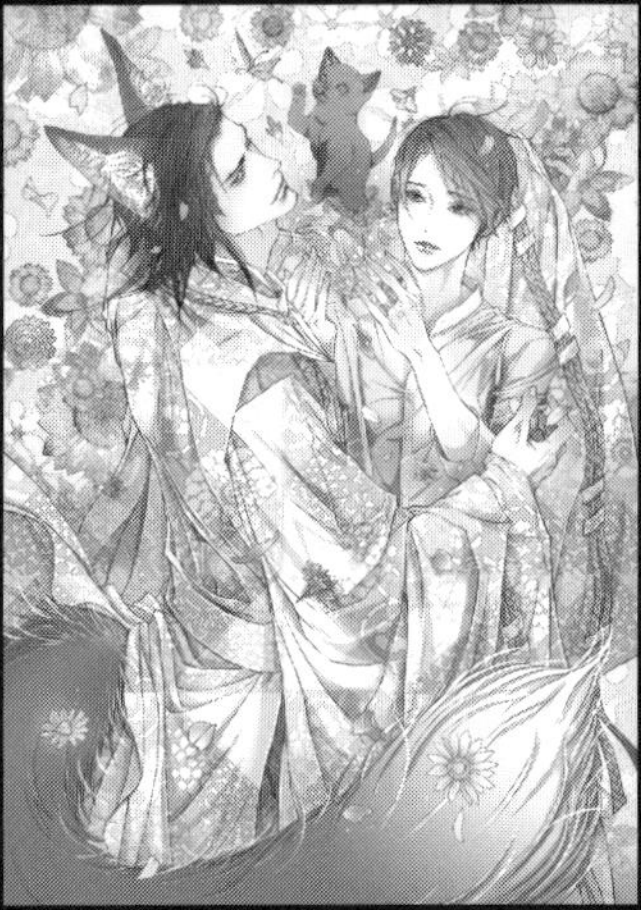

じりりん。

古い映画で見た黒電話を彷彿《ほうふつ》とさせる昭和レトロな呼び鈴の音が、家の中に響く。きっと小《こ》宮《みや》だろう。そう思い、花染千明《はなぞめちあき》はテレビとレコーダーの接続をしていた手をとめ、赤い色ガラスが市松《いちまつ》模様に嵌《は》めこまれた引き戸を開けて部屋を出た。

『先生、阿佐ヶ谷《あさがや》の一軒家《いっけんや》にお引っ越しされたそうですね？　これから、伺《うかが》ってもよろしいでしょうか？』

小宮が何やら慌ただしい声で電話を掛けてきて、千明の返事を聞かずに『すぐ伺わせてください』と通話を一方的に切ってしまったのは三十分ほど前のことだ。

千明はデビューしてちょうど十年になる翻訳家《ほんやくか》で、五つ年下の小宮は去年からつき合いのできた出版社・星港堂《せいこうどう》の担当編集者だ。

星港堂との次の仕事は夏の予定で、今現在、渡さなければならない原稿はない。今日、引っ越してきたばかりで、まだ転居通知もしていないこの家のことを聞きつけて、小宮が押しかけてくる理由は、締切の厳《きび》しいピンチヒッターの打診の代わりに、編集長から荷解きの助手として手土産《てみやげ》片手に派遣《はけん》された――おそらく、そんなところだろう。

千明は毎年、どこかで一ヵ月のまとまった休みを取ることにしている。この道へ入るきっかけをくれた大学の恩師の教えだ。一定レベル以上の仕事をコンスタントにこなすためには、心身のリフレッシュが必要だ、と。

今年はちょうど、今がその休養期間なので、余裕がある。ピンチヒッターを引き受けることはべつにかまわない。しかし、この家の中に入られるのは困る。

何と言って侵入を阻《はば》もう、と頭を悩ませながら、千明は木香薔薇《もっこうばら》や池の睡蓮《すいれん》が咲きこぼれている季節外れ感満載の中庭に面した廊下を小走りに玄関へ向かう。

差しこむ夕日が溶けこんで、ほんのり赤くなっている磨《す》りガラスの嵌《は》まった格子戸《こうしど》を開けると、そこに立っていたのは、やはり小宮だった。

ネクタイをきっちり締めたスーツにスプリングコートを羽織った格好で、表情は硬く青ざめている。無茶な代打の依頼に来た、にしては、顔つきに妙な悲壮感《ひそうかん》が漂《ただよ》っている。

「……どうしたの、小宮君」

小宮の背負う重い空気に思わず後退《あとずさ》りかけたとき、どこからか「にゃぁん」と猫の鳴き声が聞こえた。見ると、小宮の足の後ろに小さなプラスチック製のキャリーバッグが置かれていて、青みがかった灰色の子猫が扉の隙間から前肢《まえあし》をちょっこり突き出している。

「先生、今日は一生のお願いがあって参上しました！」

そう叫ぶなり、小宮は敷石《しきいし》に額をぶつける勢いで土下座《どげざ》をした。

三十二年の人生の中で初めて見た生土下座に言葉もなく唖然《あぜん》と面食らう千明に、小宮が声を張り上げて言う。

「お願いします！　この子猫をもらってください！　俺と妻が公園で拾った雑種ですが、とても人懐っこくて、賢くて、トイレのしつけもすんでます！　大体、生後六週くらいのオスで、名前はまだありません！」

　三月下旬の夕暮れ時。冷たい風が舞い上がり、玄関先で這《は》いつくばる小宮のコートの裾《すそ》が空気をはらんで大きく膨《ふく》らむ。

　風に煽《あお》られてはたはたと揺れる布地を捕らえたいのか、子猫が扉の向こうから前肢を目一杯伸ばして、「にゃ、にゃ」と愛らしい鳴き声を響かせる。

「名前はまだない、か。じゃあ、つけるとしたら『吾輩《わがはい》』かな？」

「え？」

　顔を上げた小宮が、きょとんとした目でこちらを見上げる。

　確か商学部の出身だと言っていた小宮には、『吾輩は猫である』を元ネタにしたジョークは通じなかったようだ。

「……まあ、とにかく、立ってよ、小宮君。わかったから」

　冗談が不発に終わった気恥ずかしさをごまかそうとして、千明は小宮の腕を強引に引く。

「あの……、それは、引き取っていただける、ということでしょうか？」

　立ち上がった小宮が、おずおずとした目を向けてくる。

「うん、いいよ。実家じゃ、俺が生まれたときからずっと猫がいてね。だから、荷物の整理がすんだら、俺も自分の猫を飼《か》おうと思ってたんだ」

「――ありがとうございます！」

これも何かの巡《めぐ》り合《あ》わせだ。

千明はしゃがんで、キャリーバッグの扉の隙間からそっと指を入れる。

「お前、うちの子になるか？」

「にゃん」

千明の問いかけに、子猫は肉球タッチで応《こた》えた。

「本当に人懐っこい子だね」

「はい！　すごく好奇心旺盛《おうせい》で、賢くて、可愛《かわい》い奴《やつ》なんです！」

すぐさま返された大声の力説に、千明は「そうみたいだね」と笑う。

「ところで、トイレのしつけはしてるのに、名前、どうして、つけてないの？」

「うちはペットの飼育《しいく》が禁止のアパートなんです。飼えないことが最初からわかっているので、必要以上に情が移らないよう、名前はつけないでおこう、と妻と決めたんです」

この猫を小宮が見つけたのは二週間前。休日の夕方、妻と近所の公園を散歩中、公園のゴミ箱に二匹の兄弟猫と一緒にビニール袋に入れられて捨てられていたらしい。

「飼ってあげられないのに、中途半端に関わるのは却《かえ》って残酷《ざんこく》だということは十分わかっていたんです。でも、その日は雪がちらついたりして、すごく寒かったものですから、どうしても放っておけなくて」

小宮は大家に必死に頼みこみ、「絶対にトラブルを起こさない」という条件で、ひと月だけ部屋に置く許可をもらい、妻と共に里親探しに奔走《ほんそう》したそうだ。

「二匹の兄弟はすぐに引き取られていったんですけど、この子はなかなかもらい手が見つからなくて。こんなに可愛いのに、どういうわけか巡り合わせが悪くて……。声を掛けてくれた人は、何人かいたはいたんです。でも、この子を希望してくれた直後に急な海外赴任《ふにん》が決まったり、自分でべつの猫を拾ってしまったり、もう諦《あきら》めていた赤ちゃんができたから、大事を取って動物は飼わないことにした、とか……」

「そうなんだ」

確かに巡り合わせが悪い。まるで、いつも異性愛者や、同類であってもちゃんとパートナーがいる相手ばかりに恋をして、好きになったとたんに失恋してしまう自分のようだ。

そう思うと、出会ったばかりの子猫に強い愛着が湧いた。

「よろしくな」

「にゃーん」

愛らしく鳴いた子猫の頬を、千明は指先で撫《な》でる。

ふくふくしたその頬には幸せが詰まっているようで、小宮と妻がたくさん愛情をそそいで世話をしていたことがわかる。

そう思って唇をほころばせかけ、千明はふと首を傾《かし》げた。

「あれ？　でも、この子を拾ったのが二週間前で、大家さんに許可をもらった期間はひと月だから……、猶予《ゆうよ》はまだ半月残ってるんだよね？」

なのに、それにしては先ほど、猫をもらってほしいと土下座をした小宮は、やけに切羽詰《せっぱつ》まっている様子だった。

「そのはずだったんですが……」

大きなため息が返ってくる。

「昨夜、うちに猫を置いていることを知ったアパートのほかの住人さんたちが、大家さんのところへ押しかけて、ひと月だけだろうと何だろうと、うちだけ特別扱《あつか》いは納得いかない、全面的に動物の飼育を許可するか、うちを即刻退去させろって大騒ぎになっちゃって……」

事情を説明する声が、段々と小さくなっていく。

「大家さんは俺の事情を知っているので、出て行けとは言いませんでした。でも、今日中に飼い主が見つからなければ、処分してくれ、と……。それで、今日は休みを取って、朝から方々《ほうぼう》、この子の行き先を探したんですけど全滅で……」

そして、八方塞《はっぽうふさ》がりの状態で頭を抱《かか》えていたとき、小宮が猫の引き取り手を探していると小耳に挟《はさ》んだ、千明の翻訳家仲間が「花染先生に頼んだら？」と教えたらしい。

千明は、その翻訳家仲間とそれほど深い交流はないけれど、昨日たまたま古書店巡りをしていた彼から「花染君の探してた本、見つけたよ。宅配便で送ろうか？」と連絡をもらい、引っ越すことと新しい住所を伝えていたのだ。

小宮を含め、各社の担当編集者には、今晩にでもメールを送るつもりだった。

「なるほど。それで、ここへ飛んできたわけか」

「はい。本当は、拾った責任があるので、こういう状況になったら、俺が猫を飼えるところへ移るべきなんですが……」

小宮は去年、大学院を中退して星港堂に就職した。大学院の同級生だった今の妻と結婚するために。「俺よりずっと、研究者としての才能があるんです」と時々のろけられる妻は今、博士課程の三年目らしい。大手出版社に新卒で就職した二十七歳なら、懐《ふところ》具合にかなりの余裕ができる頃だろうが、星港堂は業界関係者かよほどの本好きしか名前を知らないような小さな出版社だ。そして、小宮は社会人二年目で、妻は学生。ペット飼育可の物件へ引っ越したくても、なかなか難しい状況なのだろう。

「いきなり、こんなお願いをしてしまって、本当に申し訳ありませんでした」

小宮が深々と頭を下げる。

「気にしないでよ。困ったときは、お互い様だから」

「ありがとうございます、先生。せめてものお詫《わ》びに、俺、何でもしますから！　引っ越しの荷物、まだ片づけは終わってませんよね？」

「――――ええと」

このまま上がりこまれては、まずい。

　小宮にここで回れ右をして帰ってもらう言葉を、千明は必死に考えた。

「……片づけは、まあ、すんでないけどね。でも、手伝いはいいよ。この家の中には、血縁者以外は入れられない決まりなんだ」

「決まり、ですか……？」

　小宮が不思議そうにまたたく。

「うん。この家、元々は母方の大叔父《おおおじ》の家でね。最近、母が相続して、その縁で俺が住むことになったんだけど、大叔父はちょっと変わった人で、相続の条件が『血縁者以外を家に入れない』だったんだ。それ、遺言《ゆいごん》でもあるから、変な条件だなーと思いつつ、破れなくて」

　猫は人間じゃないから、大丈夫だけどね、と千明は早口でつけ足す。

「ああ……。でも、言われてみたら、何だか納得な感じもします」

「え。そう？」

　何もかもが嘘というわけではないけれど、その場しのぎの口から出任せに納得をされて、千明は少し驚いた。

　だが、幸いにも、そんな動揺は気づかなかったようで、「はい」とまっすぐに返される。

「門からのアプローチも石畳《いしだたみ》のデザインがすごく凝《こ》ってますし、この格子戸の玄関も独特の雰《ふん》囲気《いき》があって素敵ですしねえ。歴史を感じるのに、古ぼけた印象が全然ありませんから、きっと、とても大切にされていた家なんでしょう？　心を許した家族しか入れたくない、っていう気持ちはわかります」

小宮の純粋《じゅんすい》さに罪悪感を覚えながら、千明は無言で微笑《ほほえ》んだ。

「じゃあ、先生。俺、そこの駐車場にとめた車に、トイレの砂とか色々積んでるんで、ここまで運んできていいですか？」

「俺も手伝おうか？」

「いえ、大丈夫です。先生は猫についててもらえますか？」

「わかった」

千明は頷いて、キャリーバッグを玄関の中に入れた。

小宮が駐車場と玄関前を行き来して、食器やキャットフード、おもちゃ、飼育ノート、トイレにトイレ砂などが入った段ボールを次々と運んでくる。

「これで、全部です」

子猫のお気に入りだというフェルト製のベッドが入った箱を敷石の上に置き、小宮は額の汗をぬぐった。それから、ふいに「あ」と声を漏らし、コートのポケットからごそごそと何かを取り出した。

「先生。よかったら、これ、どうぞ。昨日、買って、ポケットに入れっぱなしにしていたもので、恐縮ですけど」

差し出されたのは、新品のリップクリームだった。パッケージには「うるおって、うるおって、ぷるるん小悪魔！」と書かれている。

「唇、かさかさになっちゃってますよ、先生。いくら、翻訳業界一の超絶クール・ビューティでも、唇は潤《うるお》ってたほうがいいと思いますよ。ちゅーのときに嫌がられちゃいますから」

小宮のような平成生まれの年代なら、男でも身だしなみとしてリップクリームを普通に使うのかもしれない。そのこと自体は「まあ、世代が違うもんな」と納得できる。

だが、さすがに「ぷるるん小悪魔」はないだろうとか、二十七のごつい男が「ちゅー」はアウトだとか、超絶クール・ビューティって何だとか、俺は「ちゅー」なんて色恋沙汰《ざた》とは一生無縁の定めなんだよ、リア充めとか、言いたいことは多々あった。

――あったものの、千明は笑って「ありがとう。猫、大事にするよ」と受け取った。

外から見れば、せいぜい2Kほどのこぢんまりした平屋に見えるこの家は、変わった間取りをしている。玄関を入ると、中庭を挟《はさ》むかたちで廊下が左右に伸びており、右手側には六畳《じょう》の座敷《ざしき》が二部屋と一番奥に風呂がある。そして、左側にも六畳の座敷が二部屋、奥が十畳ほどの洋間のＬＤＫ。

千明は風呂の手前の部屋を寝室に、玄関を上がってすぐ左手側の六畳間を仕事部屋にしている。余っている二部屋のうちの、仕事部屋の隣を、千明は子猫に与えることにした。

子猫と荷物をエアコンのついている座敷に運びながら何気なく中庭を見ると、池のほとりで淡い青や紫のあじさいがぽんぽんと咲き出していた。

小宮が素直に帰ってくれたことに安堵《あんど》しつつ、暖房を入れて、トイレとベッドの設置をすませてからキャリーバッグの扉を開けた。

大抵の猫は新しい環境に慣れるのに時間がかかり、それまで物陰にひそみたがるものだ。なのに、この子猫は「にゃにゃーん」と自分で効果音を発しながらすたすたとキャリーバッグの中から出てきて、興味津々《しんしん》といった顔で辺りを見回しはじめた。

どうやら、特別に好奇心が強い子猫らしい。

「今日からここが、お前の部屋だ」

家具が何もない六畳間はこの小さな子猫には広すぎるかもしれないが、千明の寝室と仕事部屋は段ボールだらけだし、エアコンがない。リビングを兼ねた洋間のダイニングキッチンのほうにはエアコンはついているものの、まだ片づけの途中で家電の配線が剝《む》き出《だ》しになっていて、調理器具も散乱している。

殺風景でも、危険なものが一切ないここが、この家の中で一番安全だ。それに、あとでネット通販でキャットタワーを買うつもりなので、明日には快適な部屋になるはずだ。

そんな考えが通じたわけではないだろうが、子猫は透き通った青い目を細めて「にゃーん」

と可愛らしく返事をした。

「いい子だな、猫。俺は千明だ。まずは、お前の名前を決めようか」

千明は子猫を抱き上げ、考えた。

「小宮君のところから来た猫だから……、猫宮《ねこみや》にしよう。どうだ？」

「にゃーん」

子猫の前肢の肉球が、千明の鼻先にぴたっと当たった。「いやーん」と鳴かれたような気がしなくもなかったが、了承されたのだろうと勝手に解釈《かいしゃく》して、千明は飼育ノートを手に取った。

現在、猫宮の食事は一日に四回。もう水も飲むようだ。

千明は猫宮をベッドの上に下ろした。

「ちょっと待っててな」

猫宮の額を撫で、段ボールからウォーターボウルを取り出して、部屋を出た。水を汲《く》んでくるつもりだったけれど、隣のキッチンの扉が長く伸びた廊下の遥《はる》か彼方《かなた》に移動している。

「……まったく、こんなときに」

千明は、細くため息をついた。

この家は4LDKだが、実際の延床《のべゆか》面積や敷地面積は千明にはわからない。

千明の母方の実家は、古い呪術師《じゅじゅつし》の一族・鳳《おおとり》家の分家だ。千明には、ごくごく弱い見鬼《けんき》の能力——妖魔や精霊をただ見るていどの力しかないけれど、大叔父は一族の中で最も力の強い、稀代《きたい》の呪術師だった。

その大叔父が配下とした妖魔たちを使って建てたこの家は、空間がゆがんでいる。時々、廊下が伸び縮みするし、部屋の位置が変わったりすることもある。外の通りから見えない中庭にいたっては、ちょっとした公園ほどの広さがあり、常に四季の花が狂い咲きをしている。

力は弱くても、鳳の一族の端くれなので、そうした現象をべつに怖いとは思わない。むしろ、植物園のような庭をとても気に入り、ここを終《つい》の住処《すみか》にするつもりでいる。だが、気まぐれに伸びる廊下だけは、あまり好きではない。

廊下を小走りに数分。ようやくキッチンに辿《たど》りつく。肩で息をしながら水を汲み、廊下へ出ると、今度は目の前が猫宮の部屋だった。

自分を揶揄《からか》う廊下に文句を言うのは後回しにして、千明はガラスの障子戸を開け、ぎょっとした。おもちゃの箱はまだ開けていないのに、猫宮が何か小さくて光るものを咥《くわ》えて遊んでいる。千明はウォーターボウルを下に置き、咄嗟《とっさ》にそれを取り上げた。

「にゃうう～」

猫宮の口から千明の掌《てのひら》へころんと落ちてきたものは、文字にも見える不思議な流線形の模様が透かし彫りにされた指輪だった。

サイズからして、男物のようだ。光沢《こうたく》のある銀色で、見た目よりもずいぶんずっしりと重く感じるそれが、銀かプラチナなのかは、宝石に興味のない千明にはわからない。

「……何で？」

この部屋には塵《ちり》ひとつ落ちていなかったし、家具も収納棚《たな》もない。

もし段ボールに紛《まぎ》れこんでいて、トイレなどを取り出す際に落ちたのであれば、結構な音がするはずだが、そんなこともなかった。今、その段ボールの蓋《ふた》はしっかり閉まっているから、猫宮が中から引っ張り出したということも考えられない。

指輪の出所を訝《いぶか》り、首を傾《かし》げていると、足先に猫宮の猫パンチがぺちぺち炸裂《さくれつ》した。

猫宮は遊んでいたおもちゃを奪われ、不服らしい。

「お前、これ、どこで見つけてきたんだ？」

もちろん、返事はなかったけれど、不満げな顔をしていた猫宮の興味はすぐに窓の外を舞う蝶《ちょう》に移った。そして、蝶をじっと観察していたかと思うと、うとうとしはじめ、窓ガラスにぺたんとつっぷして眠ってしまった。

そんないとけなさをとても愛《いと》おしく思いながら、千明は猫宮をベッドに移した。

「さてと……」

とりあえず、念のため、小宮に訊《き》いてみることにした。スマートフォンのある仕事部屋へ移動しようとして、千明は立ちどまった。

恋愛運に見放されている自分には、きっと生涯縁がないだろう指輪が、自分の指に合うサイズらしいことに気づいて、ふと悪戯心《いたずらごころ》が湧いたのだ。それがどんな感覚なのかをちょっと知りたくて、指輪を左手の薬指に嵌めてみた——その瞬間だった。

指輪が光った。いきなり大量に放出された光の眩《まぶ》しさに、千明は思わず目を閉じた。

「——っ」

数秒で光が消えたの感じ、瞼《まぶた》をそっと押し上げ、息を呑《の》んだ。

足もとに、狐《きつね》が座っていたのだ。鮮烈に燃え上がる炎かと見紛《みまが》うような、深紅の色をした狐が——。

「……え？」

呆然《ぼうぜん》と驚く千明の前で、狐の輪郭《りんかく》が揺らぎ、その姿を変えた。

白銀の狩衣《かりぎぬ》を纏《まと》い、煌《きら》びやかな鞘《さや》に収まった細身の太刀《たち》を腰に佩《は》く体軀《たいく》は、すらりとした長身。凜然《りんぜん》とした目もとがひどく印象的な、端整で気品のある顔。つややかな漆黒《しっこく》の髪のあいだから生えた紅色の大きな耳と、腰から下がるふっさりとした深紅の尾。

「我が名は朱理《しゅり》」

美貌《びぼう》の妖狐は、恭《うやうや》しく膝を折ってそう言った。

聞き惚《ほ》れずにはいられない、なめらかで心地のよい声だった。

「……しゅり？」

「はい。こちらの字では、朱《あけ》の理《ことわり》と書きます」

跪《ひざまず》く朱理は艶然《えんぜん》と笑み、やわらかな眼差《まなざ》しで千明を見上げる。

「妖霊界《ようれいかい》の星奈国《はしなのくに》に生を受け二十八年、お呼びいただける日を心待ちにしておりました。あなた様のお名前を伺ってもよろしいですか？」

どうやら、この指輪は使い魔召還《しょうかん》のための呪具《じゅぐ》だったようだ。

呪術師の所有する妖魔は呪力の指標だ。つまり、強い妖魔を持つ呪術師は強い。

けれど、いつの世にも、虚栄心《きょえいしん》から実力以上の妖魔を求める者は多い。そして、呪術の世界に関わる人間の中にも、珍獣を愛《め》でる感覚で妖魔を欲する者がおり、彼らはその願望を叶《かな》えるために、優《すぐ》れた呪術師が作った呪具を買う。

その呪具を装着することで、支払った額に見合う妖魔がランダムに妖霊界から召還される。妖魔は呪具に込められた呪《しゅ》によって、自身の真名《まな》を明かす。そして、召還した者は妖魔の真名を呼び、自身の名を告げる。その召還者の名を妖魔が口にすることで、主従契約が完了する、と千明は記憶している。

大叔父は妖魔をあがなう必要などなかったはずだから、この指輪は大叔父が誰かに頼まれて作り、けれど何らかの理由で依頼主の手に渡らず、家の中に放置されていたのだろう。何もないところから涌《わ》いて出たのも、きっとそのせいに違いない。

大叔父は生涯独身で、千明の母親の澪子《みおこ》を我が子のように可愛がっていた。だから、病魔に冒《おか》され、死期を悟ったこの冬に遺言を遺《のこ》した。

――見えるもの、見えないもののすべてを含んで、この家を澪子に譲《ゆず》る。手にしたのちにどう処分するかは澪子の自由だ、と。

その遺言に従い、母親は相続した家を千明に譲った。

花染家の三兄弟の末っ子として生まれた千明は、ずっと目黒《めぐろ》にある実家で暮らしていた。大学卒業後、在学中からアルバイトとしておこなっていた翻訳を仕事にしたものの、それが生業だと堂々と口にできる収入を得られるようになったのが、つい二年ほど前だったことが大きな理由だが、独立する余裕ができたあとも、両親や兄夫婦に引き留められるまま、ぬくぬくと居心地のいい実家で過ごしてきた。

けれど、大叔父の喪《も》が明けた頃、兄嫁《あによめ》の初めての妊娠《にんしん》がわかり、さすがに独立の契機のように感じて、千明は家を出ることを決意した。なのに、それを告げると、家族全員に反対されてしまった。今は多少の貯金ができたとは言え、収入の不安定さを心配されたのだ。

ありがたい反面、情けなくもあり、「出ていく」「駄目だ」という押し問答を何度か繰り返したのち、この話は千明が大叔父の家に住むという形で決着した。

『もらったものの、どうしようかと思ってたのよ。中がお化け屋敷だってこと以上に、叔父様がすごく大切にしてた家だから、売るのは論外で、他人に貸すわけにもいかないもの。あんただって、住む場所さえあれば、この先、何があっても、どうにかなるでしょうから、ちょうどいいわ。それに、ほら。昔は、「すてきなおにわ〜」って、もぐらと穴掘り競争して喜んでたんだから、この巡り合わせは運命よ、運命!』

千明は大叔父の寡黙《かもく》さが苦手で、親しいつき合いはなかった。この家にも、覚えていないほど幼い頃に、何度か来たきりだ。

もちろん、もぐらと穴掘り競争をして楽しんだ記憶もなく、母親から『たまに廊下が伸び縮みしたりするから、急いでトイレに行きたいときに困ることはあるかもね』などと聞かされて、不安になった。けれど、数日前、下見に来て、千明は一目でこの家に惹《ひ》かれた。

縦格子の玄関の凜《りん》とした佇《たたず》まいや、白漆喰《しろしっくい》の壁が漂《ただよ》わせるやわらかな雰囲気。緑と花があふれ、こぼれる、鮮やかな色の庭。

何より、赤が好きな千明は、家のそこかしこに使われている、赤い色ガラスを市松《いちまつ》模様に配した建具が気に入り、この美しい家の主となれた幸運をとても嬉しく思った。

しかし、同時に、言いようのない寂しさが胸に満ちた。

鳳の一族には力の強い者に惹かれる傾向があり、同性の呪術師や妖魔を伴侶《はんりょ》に選ぶことが珍しくない。そのため、子供の頃から異性に何の興味も示さなかった千明の性的指向を家族はごく自然に受け入れてくれたし、遠方へ嫁《とつ》ぐまではよき相談相手になってくれていた姉には、『好きになった相手がノンケで、恋人がいたからって、何でそんなに簡単に諦めちゃうわけ？　自分の虜《とりこ》にして、奪えばいいだけの話じゃない！　身内の欲目じゃないけど、あんたは文句なしの美形というか、このあたしよりも美女顔で、頭も性格もいいのよ？　あんたが本気で迫《せま》れば、落とせない相手なんていないわよ。ほら、好きなら、一発逆転を狙《ねら》って、奪いに行くのよ！　ゴー、千明！』

と、よく略奪愛をけしかけられた。

十代の頃は芸能事務所のスカウトマンに頻繁《ひんぱん》に声を掛けられたし、翻訳家になってあまり外を出歩かなくなると、今度は出版社からメディア出演をしつこく勧められるようになったので、外見が人よりいい自覚はある。性格や頭も、たぶん、そう悪くはないはずだと思っている。

だが、千明は姉のアドバイスには従えなかった。略奪愛はよくないことだ、という道徳心が邪魔をして、というよりも、恋をした相手が誰かのものだとわかった時点で、気持ちが瞬間的に冷めてしまうのだ。その相手が異性愛者でも、同類でも。

最初から縁のなかった恋に、何が何でも手に入れたいとしがみつくより、次の出会いに期待をしたほうが建設的だ。そう思って、新しい恋を探してみても、結果はいつも同じだ。

そんなことを何度も繰り返して、三十を過ぎた頃に千明は諦め、そして覚悟した。

何か決定的な欠点があるわけでもないのに、こんな歳まで恋人がひとりもできないのだから、これが自分の運命なのだと。自分は一生、ひとりで生きていかねばならない人間なのだと。

もう呑《の》みこんで、消化したはずのそんな諦観《ていかん》が、この家へ引っ越してきて、再び芽吹いて胸に刺さった。

こんなにいい家は持てても、家族を持つことはできない。せっかく庭には色とりどりの花が一年中咲き乱れ、万華鏡《まんげきょう》のように綺麗なのに一緒に見る者がいない。

生まれてからずっと、家族に囲まれて過ごしてきたぶん、寂しいと強く思った。

荷解きがすんだら、真っ先に飼う猫を探すつもりだったのも、それが切なかったからだ。

けれど、探す前に愛らしい猫宮がやって来てくれた。

さらに、夢のように美しい、紅色の妖狐までもが。

自分の家族は持てなくても、猫宮と朱理がいれば、きっとこれから楽しく過ごせる。

それに、この家のものはすべて母親が相続し、そして母親から自分が受け取ったのだ。だから、指輪も妖狐も、誰憚《はばか》ることなく自分のものだ。

そう思い、千明は名を告げた。堂々と。

「俺は千明だ。鳳一族の花染千明」

「花染千明様。美しいお名前です」

朱理が、千明を見つめて微笑んだ。

「私の命と心は、これより千明様のもの。幾久《いくひさ》しく、千明様のことだけを一心に想い、お仕《つか》えすることを今ここにお誓《ちか》い申し上げます」

まるで音楽のように流麗《りゅうれい》な声音で言いながら、朱理は千明の右手を取った。だが、次の瞬間、その表情が凍《い》てついた。美しかった目が、氷の刃《やいば》のように冷たく千明を刺す。

「誰だ、貴様」

千明の手を払いのけ、朱理が立ち上がる。

「――え？」

朱理の豹変《ひょうへん》ぶりに驚き、千明はぽかんとまたたいた。

「契紋《けいもん》がない」

契紋とは、主従関係にある呪術師の右手と妖魔の左手の甲に浮き上がる文様《もんよう》のことだ。そして、その契紋が出るのは、ある特殊《とくしゅ》な契約の場合に限られている。

千明は呪術師の修業をしたことがなく、この世界のことにはあまり詳《くわ》しくないけれど、二十八歳なら妖魔としてはまだかなり年若い部類のはずだ。契約の決まり事について、疎《うと》いのかもしれない。

「俺とお前の契約は、呪具を介して成立したものだから、契紋は出ないんだよ」

ほら、と千明は、左手の指輪を見せる。

「実は、これが妖魔召還用の呪具とは知らずにうっかり嵌めちゃって、力が発動したみたいだけど、俺はお前がすごく気に入ったよ、朱理。これから、仲よく」

「ふざけるなっ」

千明の言葉を朱理が遮《さえぎ》って咆哮《ほうこう》を上げ、抜刀《ばっとう》する。

「呪具だと？　そんな汚《けが》らわしいもので、主《あるじ》のために生まれた我が身を辱《はずかし》めた大罪《たいざい》を思い知るがいいぞ、人間！　その指、斬《き》り落《お》としてくれる！」

怒声と共に、朱理は刃《やいば》を閃《ひらめ》かせた。

訳がわからないままぎょっとして、千明は後退ったが、すぐ後ろは壁だ。逃げ場などなく、呆然《ぼうぜん》と息を詰める以外、何もできなかった。

——だが、朱理もまた、どういうわけか、太刀を振り上げたまま動かなくなった。

「貴様、俺に何をしたっ」

忌々《いまいま》しげに千明を睨《にら》み、朱理が叫ぶ。

「何って、俺は何も……」

もしかして、この家に残る大叔父の思念が自分を助けてくれたのだろうかと思いながら言いかけて、千明はふと気づく。

自分と朱理は、もう互いの名を口にした。それによって主従契約が成立したために、朱理は主となった自分に害をなすことができなくなったのだろう、と。

どうやら、朱理もそのことに思い至ったようで、何とも苦々しい顔をしている。やがて、大きなため息をついて、太刀を鞘《さや》に収めた。

それから、朱理は千明のほうに向けて、左手の甲を突き出した。

ややあって、そこに、銀色に光る流線型の美しい文様が浮かび上がった。それを持つものの意思によって、自在に現れたり、消えたりするそれは——。

「……契紋？」

「そうだ。俺にはもう主がいる」

この人間界の裏には、妖魔や精霊が棲《す》まう妖霊界がある。

気づく者が少ないだけで、ふたつの世界の交流は盛《さか》んだ。そして、妖魔を使役《しえき》する呪を生業にする呪術師は今の世にも多く存在し、鳳、天羽《あもう》、津雲《つくも》の三つの一族が古くから勢力を競い合っている。

そうした呪術師たちは自身の力に応じて、妖魔を配下に置く。だから、所有する妖魔の数は呪術師により様々だが、どの呪術師にも、ひとりの特別な妖魔がいる。

その妖魔は「式神《しきがみ》」と呼ばれる。

使役する妖魔は、多ければいいというものではない。数が増えればそのぶん管理の手間も増えるので、呪術師は定期的に使役魔との契約を解いて、所有数を調整する。

しかし、式神となった妖魔は、呪術師と生涯を共にする。

言ってみれば、呪術師の生業上の伴侶である式神は、鳳、天羽、津雲の一族に呪力を持った子供が生まれたその瞬間に決められる。

運命を司《つかさど》る三柱《みはしら》の宿星神《しゅくせいしん》によって。そして、宿星神が定めた伴侶を持つものの手の甲に、その一対《いっつい》のためだけに宿星神に仕える仙女たちが考案した契紋が刻まれる。

呪術師は右手に、式神は左手に。

つまり、鳳、天羽、津雲の一族の呪術師は生まれながらに契紋を持ち、式神は自分の主となる者が生まれたときに契紋を手にするのだ。

その両者が出会うのは、呪術師が修行を終えたとき。それまでは、互いの名も顔も知らず、契紋を通してただ「いる」ということだけを感じて過ごす。

「だが、俺は違う。契紋を持って生まれた」

朱理の言葉に、千明は首を傾げた。

呪術師と式神は、式神のほうが大抵、百も二百も歳が上だ。それは、妖魔が不老長寿《ちょうじゅ》であるということに加え、一般的に十代で修行を終える若い呪術師の指南役《しなんやく》を式神が担《にな》わねばならないからだ。

妖霊界のことはもちろん、呪術師としての生計の立て方から、呪を使ったことによって問題が生じた際の対処の仕方。さらに、ときには閨《ねや》の手ほどきまで。そのため、妖霊界にも人間界にも精通した博識の妖魔が式神に選ばれるのが常だと、千明は聞いている。

「……契紋を、持って生まれた？」

「そうだ」

契紋を持って生まれてくるのは呪術師のほうで、妖魔ではないはずなのに、どうして――。

自分が知らないだけで、こういうこともあるのだろうか、と思いながら首を傾げた千明を朱理が睨んで、言った。

「だから、俺にはもう主がいる」

「そうか。それはすまなかった」

「詫《わ》びなどいらん。さっさとこの忌々しい契約を解け、人間」

なかなか憎たらしい物言いではあるが、朱理の気持ちもわからなくはない。

契紋が出、まだ見ぬ主が修行を終えるのを待っている状態の式神が、別の呪術師に召還されることは、普通はあり得ない。宿星神が定めた、同じ契紋を持つ一対の結びつきはとても強固だからだ。

今回のことは、呪具に込められた大叔父の力があまりに強大で、若い朱理の力がそれに及ばなかったために起きてしまった事故だろう。もしかすると、この指輪が、赤を好む千明の心理を読み取って、赤狐《せきこ》である朱理を召還したのかもしれない。

だが、何にしろ、主以外に召還されてしまったということは、朱理にとっては屈辱《くつじょく》以外の何ものでもないはずだ。

とても好みの色をした赤狐なので残念だが、主がいるのであれば仕方がない。呪具を介して成立した主従関係は、呪具を外せば解けるはずだ。

「じゃあ、解くから、その前に一筆書いてくれるか？」

「何を？」

「俺には何も危害を加えないって」

告げるなり、朱理の鼻筋にぎゅっと皺《しわ》が寄った。どうやら、指輪を外したとたん、口封じに出るつもりだったらしい。

朱理にしてみれば、そうして当然の恥辱《ちじょく》を受けたと怒り心頭なのだろう。

だが、決して悪意を持ってわざとしたことではないのだから、きっとよく斬れるに違いないあの刀でばっさりやられるのは勘弁だ。

千明は、いつの間にか仰向《あおむ》けになり、後ろ肢《あし》をぴんと伸ばした愉快《ゆかい》な格好ですやすや眠る猫宮を見やった。

今日から猫宮を育てねばならないので、死んでいる場合ではない。すぐそばでこれだけ騒いでもまったく起きない神経の図太さからして、自分が死んでもひとりで立派にすくすく大きくなるかもしれないけれど、千明は生きて、猫宮の世話をしたい。

「俺はこのことを誰にも口外しないし、すぐ忘れる。だから、お前は安心して帰ってくれ。これは、お互いにとっての不幸な事故だったんだから、恨みっこなしにしよう」

しばらくの沈黙のあと、「わかった」と低い声が返ってくる。千明の口封じよりも、契約の破棄を優先したようだ。

朱理は掌に紙と筆を出し、千明の身の安全を保証する一文をしたためて、血判を押した。

「ほら」

雑に差し出された証文を千明は受け取る。

「はい、確かに」

頷いて、千明は指輪を抜こうとした。

「――あれ？」

抜けない。力を入れて引っ張ってみても、びくともしない。

「おかしいな……」

「おい、何してるんだ、人間。さっさとしろ」

「はい、はい。ちょっと待ってね」

いきり立つ朱理をいなして、もう一度、指輪を強く引っ張った。

けれども、やはり抜けない。

持つ位置を変えたり、身体を右へ倒したり、左へ倒したり、反《そ》ってみたりしながら指輪を引っ張る千明に向かい、朱理が機関銃のような勢いで文句を並べ立てる。

「いい加減にしろよ、貴様。何のつもりだ！　さっさと、それを外せ！　誰が踊れと言った！」

「……踊ってるつもりはないけどね」

あまりうるさく騒がれると、さすがに猫宮が起きてしまう。

千明は朱理を連れてキッチンへ移動し、スマートフォンを片手に「抜けなくなった指輪を抜く方法」を片っ端から試してみた。

それから二時間ほど格闘《かくとう》してみたものの、駄目だった。

指輪は、まるで千明の薬指と同化でもしたかのように動かない。

そして、もう認めるしかなくなった。この指輪は、何らかの原因で千明の指がむくんで抜けなくなったのではない。呪具だから、抜けないのだ。だから、千明には外せない、と。

「……仕方ない。誰かに、頼むしかないな」

まずは実家の家族。その中で一番力が強いのは本家から嫁いできた兄嫁だが、彼女は呪術師ではない。できることと言えば、呪念を操って初期症状の風邪を悪化させたり、花を枯《か》らしたりすることくらいだ。兄嫁に無理だと言われたら、本家の誰かを呼んでもらうことになる。

「駄目だ」

千明の落とした言葉を、朱理が即座に拒《こば》む。

「このことを、俺とお前の外に持ち出すのは許さない」

「俺だって、好き好んで持ち出したいわけじゃない」

不慮《ふりょ》の事故とは言え、千明がやったことは結果的には「式神泥棒《どろぼう》」だ。呪術師の世界では、式神泥棒は最も忌み嫌われる、恥ずべき行為とされる。

――それに。鳳、天羽、津雲の三家は、かつては血で血を洗う勢力争いを繰り返してきたが、明治以降は呪術の世界も近代化して、二十年ごとの選挙で三家を束《たば》ねる宗主を決め、平和を保っている。今年はその選挙の年だ。そんなときに、一族の者が式神泥棒をしたなどと本家の当主が知れば、激怒されるに違いない。

「だけど、俺じゃ、この指輪は外せないぞ？」

「何とかしろ。貴様、腐っても鳳の一族だろうが」

「生憎《あいにく》、俺には、見鬼くらいしかできない。無理なものは無理だ」

首を振った直後、千明は「あ」と思い出す。

本家の当主にこの式神泥棒の一件が知られたとしても、考えられ得る最も重い処分は鳳一族からの追放だ。実家の家族とは会えなくなってしまうが、身体的な戒《いまし》めを受けることはないはずだ。だが、盗まれたほうの式神に宿星神から下される罰《ばつ》は、理不尽《りふじん》なほどに重い。

強い呪力が発動し、その呪に捕らえられてしまうと、式神の意思ではどうすることもできないにもかかわらず、宿星神が定めた主を裏切り――ひいては宿星神を欺《あざむ》いた罪《つみ》を問われ、人の世を永遠に彷徨《さまよ》う幽鬼となるのだ。

「ふざけるな。こうなったのは、お前のせいだろうが。お前が死ぬ気で何とかしろ。主のために生まれたこの身体に、他人の手垢《てあか》がついたことを漏らすのは、絶対に許さない」

はっきりと感じた。朱理の目に宿る光の中で激しく煌《きら》めいているのは、怒りだと。

おそらく朱理は、幽鬼となる罰を下されることを怖れているというよりも、自分に千明の「手垢」がついたと知られることが耐えられないのだろう。

垢呼ばわりはむっとしてしまうし、こんなにも好みの赤狐が自分のものになるのかと喜んだぶん、複雑な心境だ。けれど、自分が単なる好奇心で指輪を嵌めてしまったせいで朱理が幽鬼になったりしては、とても目覚めが悪い。

「……わかった。とにかく、何か手を考えよう」

そう応じたとき、遠くでかすかに猫宮の声が聞こえた。もうすぐ、飼育ノートに書かれてあった夜の食事時間だ。空腹になって、目が覚めたのだろう。


「ふ、にゃあああぁ」

食事を終えた猫宮が大きなあくびをした。

「腹いっぱいになったか、猫宮」

小さな頭を撫でると「にゃん、にゃん」と可愛らしい声が返ってくる。

「水もちゃんと飲むんだぞ」

言いながら、千明はウォーターボウルのふちを軽く叩く。その音と仕種《しぐさ》に反応したのだろうけれど、猫宮はウォーターボウルの前へちょこちょこ移動してきて、水を飲んだ。

「にゃ」

飲んだよ。見て。

そう言っているような目を向けられて、千明は思わず笑みをこぼし、猫宮を抱き上げた。

「お前は本当にいい子だな、猫宮。どこかの二重人格狐とは大違いだ」

ただただ、ひたすら愛らしい猫宮に頬ずりをしていると、ふいにガラスの障子戸《しょうじど》ががらりと開き、朱理が入ってきた。

「誰が、二重人格だ」

猫宮に食事を与えるために千明がキッチンを出たあと、朱理は何やら物珍しげに家の中をうろついていた。

使役魔は、常に主と共にある。姿を消していても、すぐそばに控《ひか》えているものだ。今、千明と朱理のあいだには主従関係が成立してしまっているので、解約のときまで不本意ながらいることになるこの家の様子を確認していたのだろうが、もう飽きたらしい。

「お前以外に誰がいる」

間髪《かんはつ》をいれず返した千明を睨み、朱理が鼻を鳴らす。

「で？　何か思いついたか？」

「さっきから十分しか経《た》ってないんだぞ？　そんなにすぐ、思いつくわけないだろ」

「とろいな、人間」

「俺にはちゃんと、千明という名前がある。さっき、教えただろう」

「覚える必要のないものは、忘れる主義だ」

「鳥頭か、狐のくせに」

朱理が形のいい片眉を撥《は》ね上《あ》げ、腰へ手をやる。

けれど、先ほど書いた誓約書のせいか、刀が抜けないらしい。太刀の柄《つか》を握ったまま、大きな三角耳をいらいらと閃かせながら睨みつけてくる朱理を、千明はまっすぐに見返す。

不機嫌そうに細められた目は、千明よりも二十センチほど高い位置にある。身長は百八十の後半、と言ったところだろうか。

威圧感はあるものの、自分には手出しができないとわかっていないので、怖くはない。むしろ、ひらひらしているあの耳の色がいい、とちょっと思ってしまう。

ただの赤ではない、鮮やかで深みのある、燃えるもみじを思わせる美しい紅色。

性格は少しも可愛くないが、被毛《ひもう》の色味がとても好みだ。自分の狐になってくれればよかったのに、と改めて残念に思った千明の腕の中から、猫宮がぴょんと飛び出した。

「にゃー!」

雄叫《おたけ》びのような声を発して朱理の腕に着地した猫宮は素早く肩へ上り、そこからさらに頭へ移動したかと思うと、紅色の三角耳に飛びついた。そして、猫宮はその耳に猫パンチを繰り出し、揺らいだそれに齧《かじ》りついた。

どうやら、猫宮は、朱理の紅色の三角耳が閃く様子に興奮したらしい。右の耳から左の耳、また左の耳から右の耳へとぱたんぺたんと騒々しく飛び移りながら、猫パンチと噛み噛み攻撃を繰り返している。

子猫の牙《きば》とは言え、わりと激しそうなじゃれつきに見えるが、当の朱理は、太刀の柄を握ったまじっと動かない。

「……痛くないのか？」

「痛いに決まってる」

耳のふちから猫宮を垂《た》らした朱理が、むすりとした顔で言う。

「早く取れ。お前の猫だろう」

朱理は千明には一切の攻撃ができないけれど、ほかのものに対しては違う。猫宮を払い落とすことなど簡単にできるだろうけれど、そうしようとする気配はない。

主人でもないのに自分を呼び出した千明には問答無用で斬りかかろうとしても、小さいものに乱暴なことはできない質《たち》のようだ。

「猫宮、おいで」

引き剝がそうとしたが、猫宮は朱理の耳を前肢で挟んで離さない。

「それは、お前のおもちゃじゃないぞ、猫宮。ばっちいから、離そうな」

顎《あご》を撫でながら言うと、朱理の耳を挟んでいた前肢を猫宮がくすぐったそうにぱっと開いた。

猫宮の涎《よだ》まみれになった三角耳からは、うっすらキャットフードの匂いが漂ってくる。

たぶん、ここは飼い主として謝るべきなのだろうけれど、謝罪の言葉を押しやって笑いが込み上げてくる。

「……ばっちい、だと？」

「そう綺麗なものじゃないだろ、毛だらけの耳なんて。それに、涎まみれだし」

千明は猫宮を畳の上に下ろし、段ボールの中からウエットティッシュの箱を取り出す。

「これは、お前の猫の涎だ！」

「悪かった。責任を取って拭《ふ》いてやるから、ちょっと屈《かが》んでくれ」

「俺に触るな。俺に触れていいのは、主だけだ。自分で洗う」

言って、朱理は床を踏みならして廊下へ出た。風呂場へ向かっているようだ。

「お湯の出し方――風呂の使い方、わかるか？」

返事はない。それぐらい知っている、ということなのだろう。

「まったく、気の短い狐だな。なあ、猫宮」

ちょこんと首を傾げた猫宮を撫で、千明は左手の薬指へ視線を落とす。

「外す方法、早く考えないとな……」

あんなに怒りっぽくて可愛げのない二重人格狐に長く居座られては、困る。


――古今《ここん》東西魔界図絵展、来たる！

おどろおどろしい複数の絵が並ぶポスターが貼られた扉をノックすると「どうぞ」と泉田《いずみだ》の声が聞こえた。

千明《ちあき》は扉を開けた。細長い部屋の奥の、窓辺の机に座っていた泉田が「久しぶりだな、花染《はなぞめ》」と笑った。純粋の日本人とは思えない、癖《くせ》のきつい巻き毛の爆発具合が相変わらずで、懐かしい気持ちが込み上げてくる。

「ああ。春休み中に変な頼みごとして、悪かったな」

「気にするな。どうせ、研究室には毎日来てるし、これぐらい、どうってことはないからな」

学生時代に所属していた外国の絵本研究サークルの同級生で、今は母校の大学の教壇《きょうだん》に立っている泉田は肩をすくめ、「ま、座れよ」と千明に椅子を勧めた。

どの研究室も大抵《たいてい》そうなっているように、泉田の部屋の壁も専門書が隙間なく詰めこまれた書棚で覆われている。そして、部屋の中央には大きな長机と十脚ほどの椅子。

授業のある時期はゼミ生が使っているだろう椅子の背に脱いだコートを掛け、その隣の椅子に千明は腰掛けた。

「お、スーツか」

泉田のやけにまじまじとした視線が、千明の纏《まと》うスーツに刺さる。

「ああ。今日中に回れるところは、回っておきたいから」

仕事柄《がら》、スーツに袖《そで》を通す機会はそう多くはない。出版社のパーティーや、冠婚葬祭《かんこんそうさい》の席に出向くときくらいだ。着慣れていない感がだだ漏れになってしまっているのだろうか。

「……何かおかしいか？」

「いや。美形がスーツを着ると男ぶりがやたらと上がるなとか、お前のスーツ、見るの、初めてだな～とか」

「ああ……。そう言えば、そうだったな」

「そうだよ。お前は就活してなかったし、卒業式は俺が盲腸《もうちょう》で出られてなくて、そのあと何度か会ったのって、飲み会の席ばっかだったからなあ」

立ち上がった泉田が、すぐ脇のキャビネットの上に置いてあったコーヒーメーカーのサーバーを手に取り、大学のロゴマーク入りのマグカップにコーヒーを注いだ。

「それにしても『本物っぽいのをできるだけたくさん紹介してくれ』って、お前、一体どんな話を書くんだ？」

「……オカルト風味の、和風ファンタジーっぽいやつ。まだ、詳細《しょうさい》は決めてないんだが」

昨日、千明は朱理《しゅり》に「契約を解く方法を考える」と約束した。

しかし、そうは言ったものの、家族や本家に協力を仰《あお》げない、誰にも事情を話せないのでは、呪術《じゅじゅつ》の使えない千明にはお手上げだ。

どうしたらいいのだろう、と一晩頭を悩ませてようやく思い浮かんだ一筋の光が泉田だった。

ここ数年は没《ぼっ》交渉になっていたが、学生時代は仲のよかった泉田は民俗学の研究者だ。妖怪や精霊を研究テーマにしていて、サークル仲間からよく「妖怪って、天狗《てんぐ》とか河童《かっぱ》？　そんなもの、論文になるのか？」と不思議がられ、そのつど学術的観点からのアプローチの仕方を丁寧に説明していたので、千明も泉田の研究内容は覚えている。

千葉県の某《ぼう》市に狐憑《きつねつ》きの女性がいると噂《うわさ》を耳にしてインタビューを申し込みに行き、しつこく頼みすぎて最終的に警察へ連行され、ゼミの教授に迎えに来てもらったという逸話《いつわ》も。サークルの飲み会で必ず酒の肴《さかな》にされた笑い話だが、その件が話題にされるたび、千明は落ち着かない思いをしていた。泉田が会いに押しかけた女性が、遠い親戚《しんせき》だったからだ。

彼女は狐憑きなどではなく、千明が子供の頃に本家と仲違《なかたが》いをして袂《たもと》を分かち、独自の術を使う外法《げほう》使いとして生計を立てていたと聞く。

泉田は妖怪や精霊を研究対象にしているからと言って、決してそれらの存在を信じているわけではない。妖怪や精霊の伝承を、あくまで科学的観点から分析しているだけだ。しかし、何かの弾《はず》みで、「本物」に辿《たど》りつく情報網を手にしてしまったのかもしれない。

ならば、本人もそうと気づかないまま、ほかにも外法使いを知っている可能性がある。

呪術の世界には、鳳《おおとり》、天羽《あもう》、津雲《つくも》の三大閥《ばつ》と、そこから派生したいくつかの小さな流派があるが、どの流派にもそれぞれの掟《おきて》がある。掟を破れば、その流派の宗主によって罰《ばっ》せられ、ときには命も奪われる。だが、外法使いは誰にも何にも縛《しば》られず、どんな依頼も金次第で引き受ける。だから、「外法」なのだ。

『外法使いに頼んでみるのは、どうだろう？』

千葉の外法使いの親戚はもう亡くなっている。彼女以外の外法使いを千明は知らないし、家族に訊《き》くわけにもいかない。

けれど、泉田なら何か情報を持っているかもしれない。千明は呪術は使えないけれど、本物かどうかの区別はつく。泉田に紹介してもらった人物を片っ端から訪ね歩けば、「当たり」に辿りつける可能性がある。

細く頼りない糸だが、今、摑める糸はそれしかない。

そう思い、千明は今朝《けさ》、朱理に提案してみた。

『外法使いなら、金さえ払えば、何も聞かずに黙ってこの指輪を外してくれる、はずだ。ぱっと見つけて、さっと外してもらえば、宿星神《しゅくせいしん》にも気づかれないだろ？』

『金さえ払えばって、その金の当てはあるのか？』

『大丈夫だ』

正直なところ、外法使いへの依頼料の相場など知らないので、大丈夫かどうかはわからなかった。だが、多少の貯金はあるし、それで足りなければ借りて払う。

故意にしたことではないとは言え、朱理を召喚《しょうかん》してしまった責任はちゃんと取るつもりで「外法使いに頼もう作戦」を披露《ひろう》したとき、千明はパジャマ代わりのジャージを着ていた。

体型が変わらないのと、単純に気に入っているのとで、もう十年以上愛用しているそのジャージは、ところどころすり切れかけている。だからなのか、朱理は千明の支払い能力をあからさまに疑う目をしていたが、結局、何も言わずに鼻を鳴らしただけだった。

試してみろ、ということだろう、と解釈《かいしゃく》し、千明は早速《さっそく》、泉田に連絡を取った。

『小説を書くための取材がしたいんだ。ほら、前に言ってたみたいな、千葉の狐憑きみたいな、本物っぽい人、紹介してくれないか？　できれば、可能な限り、たくさん』

そんなことを電話で伝えたのが、一時間ほど前。

そのとき、家を出るところだったらしい泉田は、突然の頼みを快《こころよ》く引き受けてくれた。何やらちょうどつい最近、久しぶりに千明の顔を見たいと思うことがあり、連絡を取ろうとしていた矢先だったとかで、すぐに大学の研究室で会う約束をして、今に至る。

「オカルト風味の和風ファンタジー、か」

頷いた泉田が、千明の前にマグカップを置いた。

千明は「サンキュ」と礼を言って、コーヒーを飲み、舌を湿らせた。

「で、本物っぽい霊能力者に話を聞きたい、ってわけか」

「ああ。そんなところだ。ちょうど今、悪魔払いのホラー小説の翻訳《ほんやく》をしてるんだが、それが仕事を忘れてのめりこむ面白《おもしろ》さで、自分でもこんな本を書いてみたくなって」

泉田に告げる作り話の内容はここへ来るまでにしっかり考え、覚えたので、それらしく口に出せた。けれども、嘘をつくのは苦手だ。そのせいか、コーヒーが妙に苦く感じられた。

「なるほどなあ」

泉田は自分のぶんのコーヒーも淹《い》れ、千明の向かいに座る。

「それにしても、お前、『本物っぽいのを紹介しろ』って、まさかとは思うが、信じてる……なんてわけじゃないよな？　悪魔とか、妖怪とか」

「べつに、信じてない」

足裏がむずむずするのを堪《こら》えて、千明は努めて軽く笑った。

「もちろん、インタビューの対象者を不快にするような発言や、お前の顔に泥《どろ》を塗《ぬ》ることはしないから、そこは信用してくれ。俺は、リアリティを高めるための体験談を、可能な限り多く集めたいだけだから」

「それを聞いて、安心したよ。不安定な仕事をしてるうちに、そっちの世界へ入りこんだのかと思って、心配したからな」

「新刊が出るときに、神社でヒット祈願くらいはするが、それ以上のことはしないぞ？」

「疑って、悪かったよ。ま、お前は、自分が妖怪みたいなもんだし、もしかして、とちらっと考えちまってさ」

「何だ、それ」

「三十過ぎた男のくせに、肌がそんなにつるつるしてるんだから、ちょっとした妖怪だろ。唇はかさかさだけどな」

泉田は冗談めかして笑う。

千明は、春になると唇が荒れる。子供の頃から毎年のことで、個人的春の風物詩だ。だから、まるで気にしていなかったけれど、昨日、今日とこう立て続けに指摘されるということは、傍《はた》目《め》にはかなり見苦しく映《うつ》っているのだろうか。

もう胸を張って「若い」とは言えない年齢せいで、荒れ具合がひどくなっているのかもしれない。

「ところでさ。俺、今度、星港堂《せいこうどう》から出る本に関わってさ」

「お前が？」

星港堂が出版しているのは文芸翻訳書と国内外の絵本、及《およ》び児童書だ。そして、泉田は古文書の解読に関しては一流のスペシャリストだが、外国語はあまり得意ではない。学生時代に外国の絵本の研究サークルに所属していたのは、学内一の美女だった、一学年上の先輩の勧誘に引っかかったからで、語学は少しも上達しなかったように記憶している。

意外な組み合わせに、千明は首を傾《かし》げた。

「あそこ、学術書のレーベルを立ち上げるのか？」

「そうじゃない。子供向けのちょっとアカデミックな妖怪図鑑《ずかん》の監修、頼まれたんだよ」

「ああ、なるほど」

「で、その仕事をしてるときに、小耳に挟《はさ》んだんだが、お前、『翻訳業界一の超絶クール・

ビューティ』って呼ばれてるんだってな」

にやにやした視線を送られ、千明は小さくため息をつく。

翻訳業界一の云々《うんぬん》は、昨日、小宮《こみや》から初めて聞いた言葉だ。おそらく、小宮が勝手につけたか、星港堂の海外出版部で使われている渾名《あだな》だろう。

星港堂の編集部は翻訳本を扱《あつか》う海外出版部と、児童書関係を扱う児童部だけだ。そして、その二部署の編集者たちは、仕切りのない同じフロアで机を並べている。だから、海外出版部で流れていた、翻訳業界一の云々を耳にした児童部の編集者が、泉田に面白がって伝えたに違いない。

「……もしかして、俺の顔を見たくなったことって、それか？」

「ああ、そうだ」

にっと口の端を上げて、泉田が頷く。

「俺と同い年のおっさんなのに毛穴ひとつない水晶みたいな肌《はだ》してて、豊坂里奈《とよさかりな》ちゃんよりも妖精な妖怪フェイスがどんなものか、ぜひとも見てみたくてな」

「誰だよ、豊坂里奈ちゃんって」

「たぶん、お前以外の全日本国民が知ってるアイドル。三千年に一度の妖精王女だぞ」

「……三千年に一度の何だって？」

「言っとくが、インパクトを与えてなんぼのキャッチフレーズに突っこむなよ。無意味だから」

肩を揺らしながら言って、泉田は自分の机へ手を伸ばして、一枚の紙を手に取った。

「ま、冗談はさておき、お望みのものだ」

渡された紙には、四人の名前と連絡先が記されていた。住所は、埼玉《さいたま》に二件、茨城《いばらき》に一件、そして都内では奥多摩《おくたま》に一件。

奥多摩に住む福田栄《ふくださかえ》という人物の名前だけ、なぜかカッコに入っている。

「取材に行きやすい場所をピックアップしてくれたのか？」

「ん？　いや、そういうわけじゃない。俺のフィールドワークのホームグラウンドは、関東だからな」

泉田は自著が並ぶ書棚《しょだな》のコーナーを指さす。

今まで意識したことがなかったが、言われてみると、確かに背表紙に記されている地名は関東のものがほとんどだ。

「へえ……。お前の本、何冊か読んだことはあるが、気づかなかった」

千明は勝手に、外法使いは地方にひっそり潜《ひそ》んでいるようなイメージを抱《いだ》いていた。だが、考えてみれば、しがらみを嫌う者たちゆえに、雑多な人間が集まる都市部に多いのかもしれない。そう思うと、泉田のくれたリストはかなり「当たり」の可能性が高そうに感じられた。

「ま、同業者でもなきゃ、そういうところを意識して読む奴《やつ》なんていないからな」

「ところで、この奥多摩のカッコは何だ？」

亡くなってるから、と返ってくる。

「そこのリストにある人たちには、お前の電話を切ってあと、連絡したんだ。お前、今すぐにでも会いたいって感じだったから、アポ取っといてやろうと思ってさ。で、埼玉と茨城の人たちは皆、今日、明日なら在宅してるから、いつでも訪ねて来てくれていいそうだ。だけど、奥多摩の福田さんは、先月亡くなったらしくて」

博学で、面白い爺《じい》さんだったんだよな、と泉田は静かな声を落とした。

「昔話した千葉の狐憑きみたいな本物っぽい人がいい、ってお前のリクエスト、実は、あれ、ちょっと困ったんだよな。よく誤解されるが、俺は妖怪だの、怨霊《おんりょう》だのはまったく信じてない。当然、神通力《じんつうりき》やら、祈祷師《きとうし》の類《たぐい》も。実際、そいうの、一度も見たことがないからな。だけど、それでも時々、不思議な感覚を覚えることはあるんだよなぁ。上手《うま》く表現できないんだが、何というか、こう、ビビッと来るというか……」

千葉の狐憑きの女性もそうだった、と泉田はゆっくりと言葉を紡《つむ》いだ。

「その人を紹介できれば一番よかったんだろうが、会いに行っても通報されるだけとかいう以前に、かなり前に亡くなったんだ。彼女は独身だったから、もう何も残ってない。彼女の血を受け継ぐ者も、住んでいた家すらもな」

「それは残念だ」

知っていることだけれど、千明はさも初めて耳にした顔をして、殊勝《しゅしょう》に返す。

「有名な坊さんや神主《かんぬし》はもちろん、有象無象《うぞうむぞう》の自称霊能力者たちに会っても、特にどういうことはなかったのに、あの人は違ってさ。まあ、俺好みの美熟女だったから、ビビッと来ただけかもしれんが」

「……お前の好みは、美少女じゃないのか？」

「俺はストライクゾーンが広いんだ」

泉田は肩をすくめて笑う。

「ま、とにかくさ。彼女みたいにビビッと来た人は、ほかにも何人かいたから、リストにしてみた。お前のイメージの中の『本物っぽい』とは違うかもしれないが、受け継いでる伝統や知識は本物だから、話を聞いて損になることはないぞ」

「ああ。サンキュ。ちなみに、千葉の狐憑きの家のことはどこから仕入れたんだ？　差し支えなければ、そっちも教えてもらっていいか？」

「ああ。べつにかまわないが……」

言ったあと、泉田が「あれ？」と首を傾《かし》げた。

「――と、すまん。記憶が曖昧《あいまい》で、誰とはっきり思い出せないんだが、このリストの中の誰かなのは確かだ」

「そっか。じゃあ、直接会って、聞いてみるよ」

死者を除けば、たった三人のリストだ。確認するのに、大した手間は掛からない。

「すまんが、そうしてくれ。ところで、花染。お前、資料を何か買い取ろうって気、あるか？」

「え？」

「いやな。福田さんのところ、相続税の支払いに困ってるらしくてな。家屋敷を売れば払えるが、それを何とか避けたいってんで、今、金策に駆け回ってるんだってさ。金目のものはもうほとんど売り払ったが、福田さんの研究資料がまだ残ってるそうだ。俺も、さっき電話したときに、奥さんから買い取ってもらえないかって話を持ちかけられたんだ」

　泉田は苦笑しながら言った。

「福田翁《おう》には色々教わったし、恩を返せたらとは思うんだが、いかんせん、あそこの蔵書は俺の興味の対象とはズレてるんだよな。そんなわけでさ、お前のアンテナにならビビッと引っかかる資料が発掘できるかもしれないし、福田さんちにも足を延ばしてみちゃどうだ？」

「そうだな。考えとくよ」

　契約解除の方法が記されたマニュアル書ならぜひとも買い取りたいが、そうではないものへの出費は控《ひか》えたい。とりあえず、奥多摩へは行くにしても一番最後にしようと決める。

「じゃあ、これからさっそく行ってみるよ」

　リストとコーヒーの礼を言って、千明は椅子から立ち上がった。

「あ、花染。ひとつ、いいか？　さっきからずっと気になってたんだが」

　出がけに、包帯やバンドエイドで隠す努力はしたものの、なぜかすぐに外れて取れてしまうため、しかたなく薬指の呪具を晒《さら》している千明の左手へ、泉田は興味津々《しんしん》の視線を向ける。

「お前、一体いつ結婚したんだ？」

「……してない。昨日、引っ越して、そこで見つけた指輪を好奇心で嵌《は》めたら、抜けなくなっただけだ」

早口で答えると、泉田は一瞬、ぽかんとした表情を浮かべた。

それから、眉をきゅっと上げた。

「花染。それは、」

「何も言うな、泉田。恥ずかしいのは百も承知だし、抜けなくなった指輪を外す方法は全部試したが、駄目だったんだ。ちなみに、前の住人は死んだ親戚で、中にあるもの全部込みでもらった家だから、これは拾得物の横領じゃない」

――式神泥棒《しきがみどろぼう》はうっかりしてしまったが。

「そうか。なら、武士の情けだ。何も言わん。いい取材ができることを祈ってる」

「ありがとう」

千明はコートを素早く着、もう一度礼を言って、研究室を出た。扉を閉めたとたん、おどろおどろしい魔界図絵のポスターの向こうから、泉田の大笑いが響いた。

「ああ、千葉の狐憑きの話かい？　うん、泉田さんにしたね、確か」

そう言って頷いたのは、三軒目の訪問先の、茨城に住む犬塚《いぬづか》という名の老人だった。

千明はまず、電車で埼玉へ行き、泉田のリストに載っていた二軒の家を訪ねた。にこやかに対応してくれたどちらの当主も外法使いではなく、繋《つな》がりもないようで、その地で受け継がれている伝統行事を担《にな》う豪農だった。けれども、片方の家が「泉田先生のご紹介なら」と見せてくれた家宝の酒甕《さかがめ》は本物の呪具だったし、もう片方の家では庭の大木に木霊《こだま》が宿っていた。

どうやら、泉田は自覚はなくても多少の霊感があるらしい。それを、戦前まで代々民間療法師だったという犬塚家を訪問して確信した。

犬塚は普通の人間だった。だが、通された座敷の柱には、大物の妖魔が封じこめられていた。強い妖魔の気配でほかの魔を寄せつけないようにするための妖木で、呪具の一種だ。

泉田はこうした妖力の気配を「ビビッと」感じ取っていたようだとわかったものの、結果的に埼玉の二軒は空《から》振りだった。早く次へ移動したかったけれど、話し好きだった老人相手に腰を上げるタイミングが摑めず、かなりの長居をしてしまった。だから、犬塚家では、出迎えてくれた当主が外法使いではないと確認してすぐ、千葉の件を尋ねた。

「――泉田にあの話をされたのは、犬塚さんでしたか」

「そうだよ。泉田さんの好きそうな話だと思ったからさ」

言いながら、犬塚は記憶をたぐり寄せるように目を細めた。

「名前は何て言ったかな……。古民具の収集をしてる人で、うちの先祖が使ってた薬を作る道具とか、本とか、そういうのを譲《ゆず》ってほしいって、東京から訪ねてきたんだよ。初対面だけど馬が合ったものだから色々話しこんで、今やると手が後ろに回るが、曾祖父《ひいじい》さんの代までは咳止《せきど》めの薬や頭痛薬を作ったりするほかに、狐憑きの治療なんかもしててね、なんて笑い話のつもりで言ったら、狐憑きなら今もいるよって、教えてもらったんだよ」

「その話をされた方のこと、何か覚えておられませんか？」

「何だい、あんた。その人のこと、知りたいのかい？」

「ええ。できれば、たくさんの方からお話をお聞きしたいので」

「そうかい。じゃ、ちょっと待っててておくれ。確か、名刺がどこかにあったはずだから」

言って、犬塚が立ち上がる。

「すみません。お願いします」

犬塚が外法使いではないとわかったときには落胆《らくたん》したし、千葉の外法使いを「狐憑き」と紹介したのなら、その人物は外法使いではない。けれど、普通は知り得ない「本物」の存在を知っていたのだから、その人物が情報を得たルートを辿っていけば、外法使いに辿りつける可能性はまだ残されている。

そのことにも、千葉の件とは無関係とわかった奥多摩へ足を運ぶ理由がなくなったことにも、千明はほっとした。

「あったよ。ほら、これだ」

しばらくして戻ってきた犬塚が、黄ばんだ古い名刺を見せた。

「俺はもういらないから、欲しけりゃ、持っていくといい」

「ありがとうございます」

礼を言って受け取った名刺は、福田栄のものだった。


犬塚家を辞したのは十七時過ぎ。奥多摩の福田家への訪問は明日にして、千明は帰路に着いた。段々色を濃くしてゆく夕焼け空を眺めながら一時間半ほど電車に揺られ、駅の改札を抜けると、何だかどっと疲れが押し寄せてきた。

ちゃんとした夕食を作る気力が湧かないし、そもそもキッチンはまだ荷物の片づけがすんでおらず、お湯を沸《わ》かすことくらいしかできない。

「……カップラーメン、もうなかったっけ」

本当は今日中に荷解きをすますつもりだったので、買いだめしていたものは、今朝、食べたものが最後の一個だった。

千明は駅前のコンビニへ立ち寄り、買い物カゴの中に今晩と明日の朝のぶんのカップラーメンを入れた。そのままレジへ向かいかけ、ふと立ちどまる。

朱理の食事のことに思い至ったのだ。

混乱することと、呪具を外す方法を考えることで頭はいっぱいで、朱理の食事のことにまで気が回らなかったけれど、昨夜も今朝も、朱理に何かを食べた気配はなかった。

朱理は契紋《けいもん》で結ばれている本来の主《あるじ》との関係性で言えば式神だが、契紋を持っていない千明にとっては使役魔《しえきま》だ。

そこら辺にいる妖魔は、自分より小さい妖魔や小動物、ときには人間を食うこともあるが、人間の僕《しもべ》となった使役魔は何を口にするのだろう。

花染家には使役魔はいなかったし、本家でなら目にしたことは何度かあるけれど、食事風景は見たことがない。千明は少し迷ってから、インスタントのきつねうどんもカゴの中に入れた。油揚《あぶらあ》げが一番大きそうな、最も高いものを、奮発《ふんぱつ》して三つ。

朱理の二重人格ぶりにはなかなかちんと来るけれど、そもそもの原因を作ったのは自分だ。それに、朱理には猫宮《ねこみや》の世話や、昨夜、ネット通販で注文したキャットタワーの受け取りを頼んでいる。食事の用意くらいはしてやるべきだろうと思ったのだ。

門前に辿りつくと、縦格子の玄関戸からオレンジ色の光がこぼれていた。

実家を出たとき、これからは外出をすれば、誰もいない真っ暗の家に帰ることになるのだと寂しく感じていたので、自分を迎える明かりに何だか心が揺れてしまった。

縦格子《たてごうし》の隙間から漏れる明かりにほんのり照らされた敷石《しきいし》を踏んで、玄関の格子戸を開ける。

「ただいま」

「外法使いは見つかったか？」

三和土《たたき》の向こうの廊下に、背の高い男が立っていた。

頭のてっぺんの大きな三角耳と、ふさふさした長い尾。そして、肩にちょこんと乗り、尻尾をくるくる揺らしている猫宮。それらを見ても、その男が朱理だと気づくまで、数秒かかった。

時代劇から抜け出してきたような狩衣《かりぎぬ》ではなく、普通の洋服を着ていたからだ。

しかも、帯刀していないばかりか、ジーンズに黒のVネックのセーターをやたらに小洒落《こじゃれ》たふうに着こなしている。今、この場で「俺はモデルだ」と言われたら、「そうか」とすんなり納得してしまうくらいに。

「何だ、その格好」

「着替えたに決まってるだろ。狩衣で、宅配便を受け取れるかよ」

深めのVネックから見える鎖骨《さこつ》が、妙に色っぽく見える。――反射的にそんなことを感じてしまった自分に狼狽《うろた》え、千明は視線を泳がせた。

「……ほんの一瞬のことなんだから、化けるのかと思ってた」

「するかよ、そんなこと。お前のために術を使ったら、お前を主と認めたことになるからな」

なるほど、な理由だ。けれど、着ている服はどうやって用意したのだろう。不思議ではあったが、あまり根掘り葉掘り訊《き》くと朱理は怒り出しそうだ。

質問する代わりに、千明は猫宮の前に手を差し出した。顎《あご》の下を撫《な》でてやるつもりが、掌《てのひら》の上にぴょんと飛び乗られる。まるで、「お帰り！」と喜んでくれているかのように、猫宮は前肢《まえあし》を上げてちょいちょいと振る。この上なく愛らしい手乗り子猫に、千明の頬は一気にゆるんだ。

「いい子でお留守番してたか、猫宮」

「にゃー」

「ご飯はちゃんと食べたか？」

「にゃん、にゃん」

猫宮はとてもご機嫌のようだ。朱理はちゃんと世話をしてくれたらしい。

「おい、人間。俺の質問を無視して、猫といちゃついてんじゃねえぞ。外法使いはどうした、外法使いは」

「俺の名前は人間じゃないって言っただろ」

小さく息をつき、千明は今日の成果を報告した。

「一日、外をほっつき歩いて、それだけかよ？　とろくさい奴だな」

「はい、はい。悪《わる》うございました」

むっとしたものの、猫宮の前では言い争いをしたくなかったので、千明は肩をすくめてキッチンへ向かった。

「とにかく、明日、奥多摩に行ってみる。何か、手掛かりがあるかもしれないから」

「宿星神の耳に入る前に、必ず何とかしろよ」

「最大限の努力はする」

力なく返し、千明は猫宮の部屋の前で足をとめた。散らかっているキッチンへ猫宮を入れるのは危険なので、部屋で遊ばせておこう。そう思い、障子戸《しょうじど》を開けて、千明は驚いた。

――完璧《かんぺき》に組み立てられたキャットタワーが、窓辺に聳《そび》えていたから。

「にゃうっ！」

一段と高い声を上げた猫宮が千明の腕の中から飛び降り、キャットタワーを登り出す。小さいのでまだ上手《うま》く登れない様子だが、とても楽しそうだ。

「……朱理。あれ、お前が組み立てたのか？」

「俺のほかに、誰が組み立てるんだよ？」

どうにも愛想のない物言いだったけれど、キャットタワーで遊ぶ猫宮の嬉しそうな姿を見ると、胸に波は立たない。むしろ、疲れて帰ってきた自分では、今晩中に組み立ててやれなかったかもしれないことを思うと、感謝の念さえ湧いてきた。

よく見ると、ポールに巻きつけられた麻縄《あさなわ》のあちこちに、爪の跡がもうすでにたくさんあるので、届いてすぐに開封されたようだ。

「ありがとう、朱理」

千明は笑う。

一瞬絡んだ視線が、ふいっと逸《そ》らされる。

「礼を言われる筋合いはない。お前のためにしたわけじゃないからな」

「じゃあ、何で組み立ててくれたんだ？」

「猫宮に頼まれたから」

「……猫宮に？」

「ああ。届いた段ボールの中身をこいつがやたら気にするから、お前のおもちゃだって教えてやったら、早く出せ、出せってうるさくて仕方なかったからな」

「――って、朱理。お前、猫宮と話ができるのか？」

当然だろ、と鼻を鳴らされ、千明はポールを登っていた猫宮に思わず尋ねた。

「猫宮。お前、喋《しゃべ》れるのか？」

ポールからぶら下がったまま、猫宮がくるっと振り向く。

「にゃっ、にゃっ、にゃっ、にゃんっ」

千明には、とにかく可愛《かわい》らしい猫語だ、ということしかわからなかったが、何か長い言葉を喋っていた気がする。

「なあ、朱理。猫宮は今、俺に何て言ったんだ？」

「さっさと外法使いを見つけろ、この役立たず」

「……嘘つけ」

「嘘じゃない」

さすがに、一言くらい詰《なじ》り返《かえ》したくなる。口を開きかけた寸前、朱理が千明を見て言った。

「それから、人間。今後、二度と、俺の名を呼ぶな」

「じゃあ、二重人格狐」

意趣返しも込めて告げたとたん、朱理の頭の上で紅色の三角耳がぐっと反り返った。

「俺を愚弄《ぐろう》するのは許さん」

「だったら、何て呼べばいいんだよ？　呼び名がなきゃ、不便だろ」

「お前が考えろ。俺を勝手に呼び出したのは、お前なんだからな」

「嫌だよ、面倒くさい」

千明は咄嗟《とっさ》に首を振った。

けれど、それは煩《わずら》わしいと思ったからではない。朱理は憎《にく》たらしい二重人格狐だが、被毛の色はとても好みだ。――それから、あまり認めたくはないけれど、外見も。

自分で考えた名前をつけることで、うっかり愛着を抱《いだ》きたくなかったのだ。

「お前を召還してしまったのは、悪かった。本当にそう思ってるから、お前を帰すためにできる努力は最大限してる。お前も、少しくらいは譲歩《じょうほ》してくれ。俺が名前を呼んだからって、今さらどうこうなるわけでもないだろ」

「なる。俺が主に捧《ささ》げた心が穢《けが》れる」

もっともらしい理由をつけて拒《こば》んでみたけれど、朱理は検討の余地もないといった勢いで千明の案を一蹴《いっしゅう》した。

「俺は主のために生まれた式神だ。俺の真名《まな》を呼んでいい人間はこの世に主ただひとりで、それはお前じゃない」

千明をまっすぐに見据《みす》え、朱理は双眸《そうぼう》を強く光らせる。

鮮烈に煌《きら》めき、ただひたすらに、まだ見ぬ主を深く思慕《しぼ》するその視線が肌に刺さり、胸に刺さり、心臓が軋《きし》んだ。

「そうだな……」

千明は小さく声を落とす。

悪意があって、朱理を召喚したわけじゃない。間違いを犯してしまった責任を取って、こうしてちゃんと契約を解く方法を探している。自分の生活よりも優先させて。

なのに、そんな言い種はないだろうと腹が立った。

だけど、逆の立場だったなら。

もし、自分が誰かにいきなり誘拐《ゆうかい》され、「間違って攫《さら》ってきた。そのうち帰すから、しばらく我慢してくれ」と言われたら、我慢などできるはずもない。朱理は主の決まっている式神で、嫁《とつ》ぐ日を心待ちにして胸を弾《はず》ませていた花嫁《はなよめ》のようなものなのだから、なおさらだ。

どんな言葉を投げられようと、それを不満に思う資格は自分にはない。

真名を呼ぶな、不便なら勝手にほかの名前を考えろと求められたなら、そうすることが、千明に示せる数少ない誠意だ。

「お前の、ここでの仮《かり》の名前……」

何にしよう、と考え、首を傾げたときだった。

視界の端で鮮やかな紅色の尻尾が揺れ、千明は閃《ひらめ》いた。

「紅葉《こうよう》にしよう。もみじ、と書いて、紅葉」

「どうして?」

尋ねてくるその顔の鼻筋には、皺が刻まれている。

「だって、お前、もみじ色の狐じゃないか」

――もみじ色の狐。

そう口にした瞬間、千明は奇妙な感覚に襲われた。頭のずっと奥底から何か薄ぼんやりしたものがふわりと舞い上がったような、そんなふうな感覚だ。

それは、捉《とら》えようとしたときには、もう消えていた。

今のは何だったのだろう。気になりはしたものの、その痕跡《こんせき》はすでに跡形もない。

まあ、いいか。千明は早々に諦《あきら》めた。きっと、疲れているせいだ。

「紅葉、が嫌なら、べつの名前を考えるぞ」

「いや。どうせ、ほんの一瞬のことだから、これでいい」

朱理改め紅葉は腕組みをして、千明を威圧的《いあってき》に見下ろす。

「それにしても、ネーミングセンスがないな、人間。まんまじゃないか」

何を言われても、腹を立てる資格はない。そう反省したばかりだったけれど、それでもやはり、かちんと来た。来てしまった。

「――もう、お前に油揚げは買ってこないからな、狐め！」

声を荒らげ、千明は猫宮の部屋を出た。

苛立《いらだ》ちに任せてぴしゃりと閉めた障子戸の向こうから「にゃ」と猫宮の声がした。

千明は慌てて、障子戸を少し開ける。

「びっくりさせて、ごめんな、猫宮。お前に怒ったんじゃないからな」

キャットタワーのポールに蟬《せみ》のように張りついていた猫宮に謝り、千明は今度はそっと障子戸を閉めた。


学生時代、千明はしばしば「顔も名前も、男か女かわからない」と揶揄《からか》われた。癇《かん》に障りはしたものの、無視以上の対応をする気になれなかった。陰口ならまだしも、本人に向かって平然と中傷の言葉を投げつけられる低俗さに呆《あき》れてしまったからだ。

そんな千明自身も、同級生だった本家の末息子の成暁《なりあき》に「少しは怒ればいいのに」と呆れられた。恋をしても、叶《かな》わないとわかったとたん、気持ちが冷めてしまうことも含め、千明はとにかく何に対しても、瞬間的な喜怒哀楽は覚えても、それが長続きしない。だから、自分は、感情の起伏《きふく》があまり激しくないほうだと思っていた。

なのに、どうして紅葉には苛立ちを抑《おさ》えられないのだろう。

せめて、猫宮の前では平常心を保つようにしないと、あまり頻繁《ひんぱん》に荒ぶっていては、猫宮に嫌われてしまう。そんなふうに自分を戒《いまし》めてリビングの障子戸を開け、千明は「へ?」と間抜けな声を落とした。リビングダイニングにも、奥のキッチンにも、朝はいっぱいだったはずの段ボールがひとつも見当たらない。

「……紅葉、か?」

首を傾げて呟いた背後から、ぬっと影が落ちてくる。

「だから、俺以外に、誰がやるんだよ?」

淡々と言って、紅葉は千明が手から提《さ》げていたコンビニのレジ袋を奪う。その足もとから、猫宮が「にゃー」と現れた。

「インスタント麺《めん》しかないいじゃないか」

袋の中をのぞいた紅葉が、軽蔑《けいべつ》するような目で千明を見る。

「いい歳した大人なんだから、健康管理くらいちゃんとしたらどうだ。こんなものばかり食ってるから、唇がそんなにがさがさしてるんだぞ、人間」

「……毎日カップラーメンばかり食べてるわけじゃない。引っ越しの荷解きがすむまでは、仕方ないだろう」

外法使い捜しに奔走《ほんそう》しているあいだ、ずっとキッチンが段ボールだらけなのはとても不便なので、片づけてもらえたことは素直に嬉しいと思う。

けれど、紅葉の行動が意外すぎて、千明は混乱した。

感謝すればいいのか、人の荷物を勝手に開けるなと文句を言えばいいのか、咄嗟《とっさ》に判断ができなかった。だから、とりあえず猫宮を抱き上げ、思った。

小宮からもらったあのリップクリーム。まだパッケージから出していないけれど、今晩は寝る前にぬってみよう、と。

「……それから、俺は、春になると唇が荒れる体質なんだ。ラーメンのせいじゃない」

「へえ」

興味なさげな声を投げ、紅葉はレジ袋を持ってキッチンのほうへ行く。

妖狐のくせに紅葉は変に健康志向らしい。まさか捨てるつもりだろうか。

「――おい。ラーメン、返せよ。今から食うんだから」

「お前は風呂にでも入ってろ、人間」

「え？」

「これは俺が作ってやる」

「……どういう風の吹き回しだよ」

急な親切がどうにも不気味で、千明は眉《まゆ》を寄せた。

「どういうもこういうもない。単なる、猫宮の要望だ」

千明の腕の中で、猫宮が「にゃ」と鳴く。

「お前がしょげてるのは腹が減ってるからだ、何か食わせて元気にしろ、とにゃーにゃーうるさい」

「……俺のこと、心配してくれたのか、猫宮」

嫌われていなかったことにほっとすると同時に感激し、千明は猫宮に頬ずりをした。

「それにしても、猫宮の言うことは何でも聞くんだな、お前」

「鳴く猫と地頭《じとう》には勝てないからな」

「へえ。妖霊界にもそんな言い回しがあるのか？」

「ない」

自分で言ったくせに、ひどく面倒くさげに答えた紅葉に、千明は「さっさと風呂に入ってこいよ」と追い立てられた。

猫宮をリビングのソファの上に下ろし、千明は風呂場へ向かった。

長い廊下を玄関の前で左手側に折れ、異変に気づく。千明の寝室の手前の、空《あ》き部屋の障子戸が少し開いている。

のぞくと、見覚えのない家具が――大きなワードローブとローベッドが置かれていた。どうやら、紅葉が勝手に自分の部屋にしたようだ。

「……ま、いいか」

着ている服の出所はわかったが、この家具はどこからどうやって持ってきたのだろう。不思議だったけれど、千明は気にしないことにした。紅葉自身のためのことなので、何か術を使って運びこんだに違いない。

千明は障子戸を閉めたあと、隣の自分の寝室ものぞいてみた。少し期待していたが、山積みの段ボール箱はそのままだった。

「……ま、だよな」

紅葉がキッチン周りを片づけたのは、ほんのわずかなあいだのことだとしても、生活の場は快適にしておきたい、という思いからだろう。けれど、その生活空間に含まれない千明の部屋を片づける道理はない。

至極《しごく》当然だと頷いて、千明は風呂場へ行く。

浴室には、湯が張られていた。紅葉が、自分が入るために準備していたのだろう。シャワーですますつもりだったが、ついでだったので浴槽《よくそう》に浸《つ》かった。

ちょうどいい湯加減だった。一日、慣れないスーツを着て、あちこち移動した身体の疲れが、湯の中に溶けていく。

十分に温まって風呂を出、身体を拭《ふ》いて、昨日とは色違いのジャージに袖を通す。安心する感触にほっと息をついて、髪を乾かしてから、千明ははたと首を傾げた。

紅葉は「これは自分が作る」などと、たかだかインスタントラーメンのカップに注ぐ湯を沸かすくらいで偉《えら》そうに言っていたけれど、ガスコンロの使い方を知っているのだろうか。

宅配便の受け取りやキャットタワーの組み立てができても、帯刀した狩衣姿で現れた奴だ。この世界の文明にどこまで馴染めているのか、怪しい。

急に心配になって、千明はキッチンへ走った。

けれど、少しも進まない。廊下が伸びるせいで。

まるで、ランニングマシンの上を走っているようだ。

「——おい。こんなときに、やめてくれ。この家が焼けたらどうするんだ。お前も、真っ黒焦げの炭の塊《かたまり》になるかもしれないんだぞ」

伸びる廊下を、脅《おど》して、宥《なだ》めて、すかして、しばらく走り、ようやくリビングの引き戸の前に辿りつく。肩で息をしながら入ったリビングには、いい匂いが立ちこめていた。

紅葉はガスコンロがちゃんと使える上、料理もできるようだ。部屋に漂《ただよ》う匂いは、ラーメンのそれではない。何かはわからないけれど、食欲が刺激された。そして、火事を出されないか、紅葉が丸焦げ狐にならないかと焦っていた気持ちが消えていった。

「にゃっ、にゃっ、にゃっ」

「邪魔だから、あっちへ行ってろって言ってるだろ」

「にゃぁん」

「そうやって甘えりゃ、俺が何でも言うことを聞くと思ったら、大間違いだぞ」

「にゃん、にゃん」

「いいか、よく聞け。俺は貴族だ。星奈国《ほしなのくに》の領主の息子だ」

へえ、と思った千明の心の声に、猫宮の愛らしい「にゃあ?」が重なる。

「違う、食い物じゃない。貴族とは、高貴な生まれということだ。本当なら、お前は俺と口もきけないんだぞ。わかってるのか?」

「にゃん、にゃん」

「まったく。お前の頭は飼い主と同じで、花畑だな」

「にゃにゃにゃ?」

「そうだ。庭にたくさんあるのが花だ」

「にゃにゃっ?」

「馬鹿か、お前は。花は食い物じゃない」

「にゃうぅ、にゃうぅ」

「綺麗でも、食えない。花は見て楽しめ。……まあ、天ぷらにできるものもなくはないがな」

「にゃっ」

「そうだな。アカシアとか藤やオクラだ。ま、だが、一番美味《うま》いのはもみじだぞ」

「にゃにゃにゃぁ……」

「違う。俺が天ぷらになってどうする。もみじは葉っぱだ、葉っぱ」

子猫と狐の妙に和《なご》む会話と、嗅《か》いでいると心がほこほこする優しい香りに誘われ、千明は足音を忍ばせて、部屋の奥のキッチンをのぞいた。

シンクの前に立つ紅葉が、何か作業をしながら紅色の長い尻尾を揺らしている。そして、ひゅんひゅんと動いて回るその尾の先に、猫宮がじゃれついていた。

華麗《かれい》にジャンプしたり、懸命《けんめい》に猫パンチを繰り出して、けれども空振りをする猫宮の愛らしさに、千明の頬はどんどんとゆるんでいった。

「何、にやにやして、顔面崩壊させてんだよ。気持ち悪い奴だな」

こちらを振り向かずに言った紅葉の足もとで、猫宮がぱっと回転して千明を見た。そして、軽やかに駆けてくる。

嬉しそうな顔で飛びつかれ、千明の目尻は際限なく下がった。紅葉の口から吐《は》かれた失礼な

言葉の数々も、笑って忘れられた。

「ちょうどいい。そいつを持って、座ってろよ。メシ、できたところだから」

「ああ」

千明は猫宮を抱いて、椅子に腰掛けた。

兄夫婦から贈られた引越祝いのダイニングテーブルの上に、たっぷりの野菜とポーチドエッグが載ったラーメンと、バター醬油《しょうゆ》でソテーしたたけのこが、千明の前に置かれる。

ラーメンは千明がコンビニで買ったものだろうけれど、プラスチックのカップではなく、どんぶりに入れられていて、まるで店で出されるような豪華な料理になっている。

とても美味そうだ。だが、胸の中では、思いがけずありつけた料理への喜びよりも、疑念がむくむくと膨《ふく》らんでいた。

「……たけのこ？」

「旬《しゅん》のものを食えば、身体の乱れが内側から整えられて、肌荒れも治る」

キッチンへ戻った紅葉が、そんなことを返してきた。

「ラーメンは麺を半分にして、そのぶん春野菜を足した。俺はインスタント麺は好きじゃないが、買ったものを無駄にもできないからな」

言われてみれば、ラーメンを鮮やかに彩《いろど》っているのは、アスパラ、そら豆、いんげん、菜の花、芽キャベツ、スナップえんどうといった春野菜だけれど――。

「そうじゃなくて。どこから持ってきたんだ、この野菜」

冷蔵庫に入っていたのは、母親に調味料と一緒に持たされた卵くらいのはずなのに。

「スーパーで買ってきたに決まってるだろ」

「買った？　お前が？　どうやって？　て言うか、金はどうしたんだ？」

「うるさい奴だな」

キッチンからどんぶりを持って出てきた紅葉が、千明の前の席に座る。

どんぶりの中身は、きつねうどんだった。ネギと卵と、なぜか乾燥したままの油揚げが載っている。野菜や卵は調理しているのに、どうしてかやくを湯戻ししていないのだろう。

訝《いぶか》る視線に気づいたらしい紅葉が、鼻を鳴らした。

「このうどんの油揚げは、そのままで食うほうが美味いんだ」

「何で知ってるんだ、そんなこと」

「たまに食うから」

「……高貴な生まれの貴族なのに？」

「盗み聞き、してんじゃねえよ」

とても高貴な生まれとは思えない言葉遣《づか》いで凄《すご》まれる。

とは言え、ただ可愛《かわい》いだけの小さな子猫相手に「自分は貴族だ」などと法螺《ほら》を吹いても無意味なので、きっと本当に領主の息子なのだろう。

「ごちゃごちゃ言わずに、さっさと食って、さっさと寝ろよ」

紅葉は煩《うるさ》げに眉を寄せつつ手を合わせ、油揚げを囓《かじ》る。

小気味いい音が響く。耳にしただけで、美味そうだと感じる音だった。千明は興味を引かれた。今度、自分も試してみようとこっそり思う。

「とにかく、俺はお前が慌てるようなことは何もしてない。心配無用だ」

本当か、と問おうとして、けれどもやめた。

インスタントうどんにこだわりの食べ方を持っているくらいだから、紅葉はこちらの世界での暮らし方がわかっているようだ。

最初は、もしかしたら何かの術を使って、どこかの店の売り物を盗ってきたのかと焦ったが、万が一、足がついて千明に疑いが掛かれば、外法使い捜しができなくなることなど、言われなくてもわかっているのだろう。

それに、猫宮をあやしたり、千明の買ってきたインスタント麺を文句を言いつつ使ったり、食事を始める前には手を合わせたり。――そんな紅葉の姿を見ていると、口と態度は悪くても、悪さをするような奴だとは思えなかった。

「いただきます」

自分も手を合わせて、ふと視線を落としたとき、脚《あし》に乗せていた猫宮がいつの間にか眠っていたことに気づいた。

いとけない寝姿に小さく笑って、千明は春野菜ラーメンを食べた。それから、たけのこのソテー。驚くほど、ラーメンに合う。

春の息吹が溜まっていく腹と、猫宮がくっついている脚が、じんわりと温かくなっていく。

「美味い」

無意識に、言葉がこぼれた。

「初めて食べた。こんなに美味いラーメンもたけのこも」

「俺が作ったんだから、当然だ」

言葉遣いはどうにも偉そうだが、紅葉の長い尾はくるくる回っている。

千明の称賛をまんざらでもないと思っているふうだ。

「栄養不足でへたられて、適当な捜し方をされたら、迷惑だ。外法使いが見つかるまで、メシは俺が作ってやるから、ありがたく思えよ、人間」

「人間じゃない、千明だ」

紅葉をまっすぐ見据え、千明は訂正した。

「人間で十分だ。お前なんか」

「俺をちゃんと名前で呼ばないと、俺もお前を真名で呼ぶぞ」

二重人格で口が悪く、美味い料理を作る赤狐《せきこ》に、自分で考えた「紅葉」という名を与えたことで、もう情が湧いてしまったのだろうか。

左手の呪具が外れれば、二度と会わない相手なのだから、名前なんて適当でいいはずだ。なのに、「人間」と雑な記号で呼ばれることを千明は不満に感じた。

「厚かましいな」

返ってきたのはその一言だけだったので、面倒臭《くさ》そうに双眸《そうぼう》を細めた紅葉の答えがイエスなのかノーなのかはわからなかった。

けれど、尾の揺れはやんでいない。

それが意味するところも判然としなかったが、自分と紅葉の関係が何だか少し変わったような気がした。「名前を与える」「料理を作る」という、互いのためとも言えなくはない行為をし合ったことで。

その夜、千明はリップクリームをぬって就寝した。人生で一番と言っても過言ではない美味いラーメンで腹が膨《ふく》れて幸せだったからか、いい夢を見たような気がした。

翌朝、千明は猫宮の食事の時間に合わせて起床《きしょう》した。

肌寒い朝で、カーテンを引くと、その向こうの庭は朝靄《あさもや》に包まれていた。千明は段ボールを掻《か》き回《まわ》して引っ張り出したフリースをジャージの上に重ね着して、寝室を出た。

あくびをしながら廊下を歩いていると、玄関がいきなり開いた。

「おはようございます」

スーツ姿の見知らぬ男が、千明に深々と頭を下げた。

「……おはようございます」

つい挨拶《あいさつ》を返してから、千明ははっとして後退《あとずさ》った。

「誰？」

「おや、これは失礼を。周《しゅう》様からすでにお話があったものとばかり」

押し込み強盗には見えないスーツ男が、慇懃《いんぎん》な態度で詫《わ》びた。

「私は胡桃沢《くるみざわ》と申します。周様の秘書をしております。以後、お見知りおきを」

見知りおく前に、確かめねばならないことがある。

「……周ってどこの誰？」

「ここの俺だ」

キッチン側の廊下から、紅葉が出てきた。

今日も狩衣ではなく、ジーンズとセーター姿で、肩に猫宮を乗せている。

「朝早くから悪いな、胡桃沢」

「お気遣《きづか》い、恐れ入ります」

微笑《ほほえ》んだ胡桃沢が、紅葉の肩へ視線を向ける。

「こちらが猫宮様でございますか？」

「そうだ。猫宮、胡桃沢に挨拶《あいさつ》しろ。今日は、こいつがお前の遊び相手だ」

紅葉に促《うなが》され、猫宮が尻尾をくるんと揺らした。

「にゃん、にゃん」

「こちらこそ、今日一日、よろしくお願いいたします」

やわらかい声で猫宮に挨拶をした胡桃沢には、猫語が通じているようだ。

耳や尻尾はないけれど、胡桃沢という男が妖魔で紅葉の部下らしいということと、紅葉には「周」という名前もあるらしいということはわかったが、いまいち状況が掴めない。

「……どこかへ出かけるのか、紅葉」

「お前と奥多摩」

「え?」

「電車とバスを乗り継いで、ちんたら行くより、車があったほうが早いだろ」


猫宮の食事はもうすんでいるらしく、三人と一匹でぞろぞろと奥の部屋へ移動した。

いい匂いがすると思ったら、ダイニングテーブルに、わさび菜粥《ながゆ》にあさりの味噌汁《みそしる》、そら豆とエビの炒め物《いためもの》、さわらのソテーといった、春感満載の料理が三人ぶん並んでいた。

「これ、お前が作ったのか?」

「周様は、薬膳《やくぜん》料理がお得意ですので」

「余計なことは言うな」

答えた胡桃沢を紅葉が睨《にら》み、胡桃沢は特に堪《こた》えた様子もなく微笑み、猫宮が紅葉の肩からひらりとテーブルの上に飛び降りる。

「にゃん！　にゃ、にゃっ」

匂いに引かれたのか、さわらの皿をのぞきこみ、猫宮が何かを訴《うった》えるふうに鳴くと、胡桃沢が笑い、紅葉が眉《まゆ》を寄せた。どんなことを猫宮が言ったのか、千明には知るよしもないけれど、紅葉が「駄目だ」と首を振った。

「それより、猫宮。食卓の上に乗るのは行儀が悪い。下りろ」

紅葉が言うと、猫宮は「にゃ」と返事をした。それから、紅葉の肩を踏み台にして、その頭の上に飛び移り、大きな三角耳のあいだからちょこんと顔を出した。

「……誰が頭の上に乗れと言った」

紅葉がため息をつき、胡桃沢が笑う。猫宮が愛らしい声で鳴く。

賑《にぎ》やかだけれど、疎外感《そがいかん》を否《いな》めない食卓だった。猫宮の言葉がわからない自分だけが蚊帳《かや》の外に弾《はじ》き出《だ》されている気がした。だから、料理もよく味わえなかった。

ここは自分の家で、猫宮は自分の猫なのに、どうして朝からこんな鬱々《うつうつ》とした気持ちにならなければならないのだろう、とちょっと解せない思いで朝食を終えた。

大きな三角耳のあいだから食事風景をしげしげと眺めていた猫宮は、紅葉が食卓の片づけを始めると、パトロールへ向かった。尻尾をぴんと立て、凛々《りり》しい顔つきで。

胡桃沢は食器を洗う紅葉のそばで手帳を広げ、ダウの上昇がどうの、青山の店舗《てんぽ》がどうの、と報告をしている。

謎《なぞ》な狐だ、と千明は思った。

式神で貴族。猫に甘く、薬膳料理が得意。部下からは「周様」と呼ばれ、どうやら株や何かの店を所有しているらしい。好奇心を覚え、後片づけを手伝うふりをして聞き耳を立てようとしたら、「出る準備をしてこい」と追い払われたので、詳細《しょうさい》はわからなかったけれど。

千明は部屋でスーツに着替え、福田家に電話をした。昨日のうちに連絡はしてあるので、予定通りの時間に行くことと同行者がひとり増えたことを告げた。

千葉の狐憑きの存在を誰から聞いたのか、本人に確かめられれば一番いいが、それは無理なことなので、交友関係がわかるものを買い取るつもりだ。

千明が支払う取材費を相続税の足しにしたいと考えているらしい遺族と金額面で折り合えるか心配だが、とにかく行ってみるしかない。

昨日、ATMで下ろした金を入れた鞄《かばん》とコートを持って、リビングへ行く。

「紅葉。俺の準備はすんだから――」

いつでも出られる、と続けようとした言葉が、喉の奥へすべり落ちた。

「じゃあ、出るか」

窓辺に立ち、庭を眺めていた紅葉が振り向く。

いつの間に着替えたのか、スリーピースのスーツを纏《まと》っていた。三角耳と尻尾はない。

頭の大きな飾りがなくなったことで、漆黒《しっこく》の髪が縁取《ふちど》る美貌《びぼう》とそこに宿る気品が強烈なほどに際立っている。均整の取れた長身の優雅さを仕立てのいいスーツがさらに引き立てていて、どこからどう見ても文句のつけどころがない。

まるで「高貴」が具現化したような美しい姿に、千明は目を瞠《みは》る。

「……何で、スーツなんか着てるんだ？」

「ジーンズで他人の家は訪問できないからだ」

常識的なことを簡潔に答えて、紅葉は窓を開けた。

千明もつられて見ると、庭には猫宮と胡桃沢がいた。

「出かけてくる。あとを頼むぞ」

「いってらっしゃいませ。お気をつけて」

恭《うやうや》しく頭を下げた胡桃沢の足もとで、何かの虫を追うのに熱中しているらしい猫宮がぴょんと高く跳ね上がった。

門を出た東側はこの家の車庫だ。千明は免許を持っていないので、そこはただの空《あ》きスペースになっていたはずが、今朝は黒のＳＵＶに占領されていた。胡桃沢が運転してきた車らしい。慣れた様子で助手席のドアを解錠《かいじょう》した紅葉に「乗れよ」と促《うなが》される。千明が乗りこむと、紅葉は反対側に回ってドアを開け、運転席に座った。

シートベルト装着後、車はなめらかに発進した。

「……一応、訊《き》くが、免許は持ってる、んだよな？」

「当たり前だ。でなきゃ、運転はしない」

「妖霊界には教習所もあるのか？」

「あるわけないだろ、そんなもの。あっちの交通手段は牛・馬、もしくは自分で歩くか飛ぶ、がメインだからな」

「へえ。お前も向こうだと、牛とか馬に乗ってるのか？」

「そういうときもある」

牛の背に揺られる狐。シュールだ。

「じゃあ、免許はこっちで取ったのか？」

問うと、「言っておくが」と紅葉が小さく息をつく。

「俺はこっちで暮らしてる時間のほうが断然、長いんだぞ。お前は最初に見た姿で、俺を勝手に、平安時代あたりからのタイムトラベラーと同一視してるようだがな」

紅葉は鼻を鳴らし、カーオーディオのスイッチを入れる。ジャズが流れ出す。迷いのない動作は、確かにこちらの世界に馴染んで生きていることを感じさせた。

「長いってどのくらいいるんだ?」

「生まれたときから、ほぼずっとこっちだ。妖霊界へは一年のうちの決まった時期に、少しのあいだ、戻るくらいだ」

「それって、学校もこの世界で通ったってことか?」

「幼稚園から大学まで、ずっとこっちだ」

幼稚園へ通う狐。ますますシュールだと思って笑い、千明はふと訊いてみた。

「なあ、紅葉。もしかして、豊坂里奈って知ってたり、するか?」

「三千年に一度の妖精王女、だろ」

即座に返されて、千明は驚く。

「何で知ってるんだ?」

目を瞠る千明を、紅葉は怪訝《けげん》そうに一瞥《いちべつ》した。

「テレビ、ネット、駅、コンビニであれだけ見かけたら、知らないほうがおかしいだろ。普通に生活してたら、嫌でも目に入る。で、あのアイドルがどうかしたのか?」

「……いや、何でもない」

狩衣姿で刀を振り回す狐に現代社会の常識を語られてしまい、千明はがっくりと項垂《うなだ》れる。

隣の運転席で、紅葉が「変な奴だな」と鼻筋に皺《しわ》を寄せた。

「とにかく、そんなわけだ。俺は、免許もスマホも持ってるし、戸籍《こせき》もある。いちいち驚くなよ、うざったいから」

赤信号で車がとまり、スピーカーから千明の好きなナンバーが流れてきた。千明は「わかった」と応じながら、指先でリズムを取った。

その指を、紅葉が見やる。

「お前、ジャズを聴くのか？」

「聴くぞ。外国語に興味を持ったきっかけが――ああ、俺、翻訳家なんだが、中学生の頃にラジオから流れてきたライリー・ロウの『星降る花の森』だったんだ。魔法みたいに綺麗な歌だと思って、どんなことを歌っているのか気になってさ」

今でも「星降る花の森」は一番好きな歌だ、と告げると、紅葉が小さく鼻を鳴らした。

「ずいぶん、ませたガキだったんだな。中学で『ジャズの魔女』に入れこむとはな」

「そういうお前は、いくつのときにライリーを聴いたんだ？」

「たぶん、生まれたときから」

信号が青になり、車が再び発進する。

「俺の養育係が、ライリーのＣＤを子守歌代わりにかけてたからな」

「お前のほうが、よっぽどませガキじゃないか」

思わず、千明は笑った。

ちょうど千明が生まれた年に三十五歳の若さで事故死したライリー・ロウは、圧倒的な歌唱力と美貌、そして奔放《ほんぽう》な私生活によって「ジャズの魔女」と呼ばれていた歌姫だ。ジャズに少しでも興味を持っていれば常識的なことだけれど、千明の周りにはジャズを聴く者がいなかった。初めてライリーの名が通じた相手が狐だったことに、千明は巡《めぐ》り合《あ》わせの不思議を感じた。

「翻訳家ってことは、積み上げてあるあの段ボールの山に入ってるのは本か？」

「ああ、そうだ」

「侘《わび》しい独《ひと》り暮らしのくせに、何であんなに段ボールが多いのかと思ってた」

「気になるんなら、俺の代わりに、お前が片づけてくれてもいいんだぞ」

ちょっとした冗談のつもりで言うと、一瞬の間を置いて「そうだな」と声が聞こえた。

「お前との契約が解除できたら、餞別《せんべつ》代わりに片づけてやるよ」

「なら、早いとこ、解除しないとな」

「ああ。さっさとしろ」

スーツが似合う貴族狐はどこまでも偉そうだ。けれど、同じライリーのファンだと思うと、腹は立たなかった。

「ところで、お前の戸籍の名前って、胡桃沢さんが呼んでいた名前か？」

「そうだ」

フルネームは何だろう。気になったものの、訊かなかった。戸籍の名前は、言ってみればこの世界の真名だろうから、尋ねたところで紅葉が答えるはずもない。

千明は代わりにべつのことを口にした。

「信頼してるんだな、あの人のこと」

「あの人？」

「だから、胡桃沢さん。あの人には、俺とうっかり契約したこと、話したんだろ？」

紅葉は少し首を傾けてから、「ああ」と呟いた。

「あれは、俺だからな。俺の髪と血で作った分身だ」

そう聞かされ、千明は「だけど」とまたたく。

「お前とは全然、似てなかったぞ？　性格だって、」

全然悪くなかった、と言おうとして、千明はその言葉を寸前で呑みこむ。

「……物腰がソフトで、いかにもできる秘書って感じだったじゃないか」

「そういうプログラミングだ」

「プログラミング？」

「俺は自分の分身に、いくつかある会社を実質的に任せてる。一握りの幹部はそれを知ってる妖魔だが、社員の大半は普通の人間だからな。同じ顔がいくつもあったら、おかしいだろ。だから、外見も年齢も性格も、わざとばらばらに作ってるし、あいつらは俺の分身だと自覚はしていても、俺を含め、誰に対しても俺の部下として振る舞う」

答えたあと、紅葉はふと何かに気づいた顔をした。

「ああ……。そういや、悪かったな」

「え？」

「俺が俺を呼びつけるんだから、わざわざお前に断らなかったが、よく考えたら、お前にとってはどこの誰ともわからない不審者《ふしんしゃ》だったな」

何だ。入りこめない雰囲気に疎外感《そがいかん》を覚えていたけれど、胡桃沢は紅葉だったのか。

何だ、と心の中で繰り返しながら、千明は「まったくだ」と返す。

「いきなり上がりこまれて朝から寿命《じゅみょう》が縮《ちぢ》んだし、訳がわからなかったから、せっかくの朝食が全然楽しめなかった」

「だから、メシのあいだ中、あんな顔してたのか」

「あんなって？」

「無理やり砂でも食わされてるみたいな顔」

「……そんな顔、してたか？」

「してた。だから、お前はインスタント麺しか口に合わない、舌の狂った人種かと思ってた」

「そんなわけないだろ。ラーメンは好きだが、主食は普通に米がいい」

「なら、今朝のメシ、どうだったんだ？」

問われ、朝食の感想も、作ってもらった礼もまだ伝えていないことを思い出す。

「……正直、お前の分身が気になって、味はよく覚えてない」

悪い、と千明は詫びる。

「だけど、昨夜、あんなに美味かったんだから、もう一度食べたら、美味いと思うはずだ。さわらは好物だから」

「そうか」

短く応じた紅葉は、気分を害したふうではなかった。

「ちゃんと味わえなかったが、彩りは楽しめた」

「そうか」

「ありがとう」

礼を言うと、「ああ」と一声だけが返ってきた。

「ところで、猫宮はあのとき、さわらを見て何て言ってたんだ?」

「要約すると、さわらのソテーをベッドにしたい、だ」

「……さわらの、ベッド?」

「匂いと見た目が気に入ったらしい。子供は突拍子もないことを思いつくものだな」

「だけど、そこが可愛い」

無邪気な発想がたまらなく愛らしい。

自分も猫宮の言葉が理解できればいいのに、と思いながら千明は笑った。

「まあな」

紅葉も淡く笑った。

千明は驚いた。紅葉はもう自分の前で笑うことはないだろうと思っていたから。

ほのかに立った笑いのさざなみが、ジャズのメロディとやわらかく混ざる。

ほかにも解きたい謎は色々あったが、口は閉じておくことにした。

今の車中の穏やかなだけの空気がとても心地よくて、それを壊したくなかったのだ。

スピーカーから流れてくる、洗練されて甘く、でもどこか切ない音楽に耳を傾けながら、千明は流れていく景色を眺めた。

桜の開花はまだ少し先だけれど、民家の庭先で梅や木蓮、ユキヤナギが花を咲かせている。

春色に彩られた街を、千明は綺麗だとぼんやり思った。


会話は特に生まれなかったけれど、居心地のいい時が二時間ほど続き、目的地に到着した。

立派な垣根に囲まれた広大な福田邸は、泉田のリストの中で最も呪術の気配が濃く漂《ただよ》う家だった。予《あらかじ》め指定された門前の駐車場からでも、それをはっきりと感じた。呪具やそれに関するものを相当数、所有しているようだ。

ひとつ、ふたつなら偶然手にしたということもあるだろうが、邸内にこれだけ強い気配を漂わせる数を持っているとなると、本物とつき合いがあったに違いない。

千明は紅葉と並んで、風情のある数寄屋門《すきやもん》をくぐる。

この家は期待できそうだと思いながら。――しかし。

「いやぁ、申し訳ない」

福田家の新しい当主は千明たちを出迎えるなり、頭を下げた。

「取材先をお探しで、親父の交友関係がわかるものがあれば、とのことでしたよね? 僕、親父がアドレス帳やら名刺ファイルやらを大事にしていたのを見てたもので、あれを差し上げようと思って探したんですが、どうにも見つからなくて……」

五十前後だろう新当主の福田は、眉尻を下げて苦笑いをした。

「それで、お袋に確認したら、棺《ひつぎ》に入れて燃やしちゃった、と……。僕は知らなかったんですが、親父は体調を崩したときから、お袋にそうするよう、指示してたらしくて」

「では、お父様とお仕事で親しくされていた方で、連絡先がわかる方はいない……ということでしょうか?」

尋ねた千明に、福田はばつが悪そうに頷いた。

「ええ。それが、ひとりも。仕事と言っても、親父の本業は公務員で、こっちの民俗学やら郷土史の研究やらは完全な趣味でしたから。我々家族には何をしているのか一切教えてくれなかったので、どんな方とおつき合いがあったのかもわからず……」

「そうですか」

「ご希望に添えず、申し訳ないです。でも、親父の研究資料はまだ残ってますから、どうぞご自由にご覧になってください」

ここで何も摑めなければ、万事休すだ。呪具を収めた箱などに、燃やし損ねた誰かの連絡先が残っていることを期待して、書斎と蔵を探した。

夕暮れ時まで粘《ねば》っても、その期待は叶えられなかった。

だが、収穫が何もなかったわけではない。蔵の中に、呪術の教書が眠っていたのだ。

ざっと百冊ほどの和綴《わと》じの教書は、一見、古い漢書だ。だが、漢字に似てはいても微妙に違う文字で書かれている。呪術師だけが使う呪語《じゅご》だ。

その中のどこかに、契約を解く方法が書かれているかもしれない。

呪語は、妖魔には読めない。千明は子供の頃、本家でこの文字を習ったけれど、ほぼ忘れてしまっているので、辞書で意味を調べながらでないと内容は読み解けない。

そのため、全部まとめて買い取ることにした。

小説の取材、という建前で来ているので、普通の者にはでたらめな漢書にしか見えないそれだけを持って行くと怪訝に思われるだろうから、いくつか適当な研究資料を混ぜて、福田に買い取りを申し出た。

「この古書も……ですか?」

教書の束《たば》を見て、福田は困惑顔になった。

「お譲りいただくことはできませんか?」

なぜか乗り気でなさそうな福田にそう尋ねたのは、千明ではなく紅葉だ。

「あ、いえ……。お譲りするのはかまいません。ですが、それは、誰が何のために作ったのかわからない、意味不明の落書き本らしいですよ?」

聞くと、父親の蔵書の査定に来た専門家に「一円の値打ちもない」と告げられたらしい。

どうやら、福田の戸惑いは、そんな無価値なものを欲しがられたことへの落胆《らくたん》によるものだったらしい。

「一般的な市場価値は確かにそうですね」

まるで別人のような愛想のよさで、紅葉は言った。

「実はこれは、明治初期に、東洋の書物を買いあさっていた欧米人コレクターを騙《だま》すために作られた偽《にせ》の漢書なんです。名もなき作者のそのときの気分で作られた、言ってみれば『なんちゃって漢書』で誰にも読めませんから、一般的にはこれらの書物に書物としての価値はありません。ですが、こうした手の込んだ偽物《にせもの》を好んで蒐集《しゅうしゅう》する好事家《こうずか》にとっては、大変価値があるものです」

「はあ……」

「申し遅れました。わたくしは古物商を営《いとな》んでおります、秦森周《はたもり》と申します」

紅葉がスーツの内ポケットから引き抜いた名刺を、福田に渡す。

「……ほう。お店は南青山ですか」

「はい。赤坂署《しょ》の目と鼻の先です」

「ははぁ、道理で」

福田が納得顔で大きく頷く。

「お若いのにご立派な風格だと思っていましたが、道理で……。その若さであんな一等地にお店をお持ちとは、いや、すごいですなぁ」

恐れ入ります、と紅葉が柔らかく笑う。

——秦森周。秦森周。思いがけず耳にした、紅葉のこちらでの名前を、千明は忘れないように頭の中で繰り返した。

なぜそんなことをしているのか、自分でもわからず、不思議だったけれど、千明は秦森周の名前を記憶に刻みこんだ。

「花染先生とは日頃から懇意《こんい》にさせていただいており、本日は単なる荷物運びのお手伝いのつもりで同行させていただきましたが、思わぬ発見をして大変興奮しております」

紅葉は胸ポケットからスマートフォンを取り出し、何かを入力してから、画面を福田に見せた。

「こちらで、お譲りいただけないでしょうか?」

見せたのは、買取額のようだ。

福田は一瞬、ぽかんとした表情になったあと、目を白黒させた。

「わ、私のほうに異存はありませんが……。でも、本当にいいんですか?　わりと有名な古書店の目利《めき》きのご主人が、ただの紙の束だと言い切ったものですよ?」

「問題ありません。古書としての価値はなくても、コレクターには垂涎《すいぜん》の商品ですから」


紅葉と福田のあいだで話はとんとん拍子で進み、まとまった。

紅葉は一旦《いったん》車に戻り、すぐにアタッシュケースを持って戻ってきた。そこから、千明がひっくり返りそうになる現金の束を福田に渡した。

教書とカモフラージュ用の研究資料をSUVに運びこみ、これで先祖が代々守ってきたこの家を手放さずにすむと喜ぶ福田に別れを告げた。

夕日が沈《しず》む間際、帰路に着く。

「家に着いたらすぐに解読を始めろよ」

「……お前、本当に二重人格だな」

「TPOに合わせて対応しているだけだ」

紅葉は鼻を鳴らし、カーオーディオをオンにする。

重低音が心地よく響く一曲に、スタンダードなラブバラードが続く。運命の相手と恋に落ちた瞬間の喜びを歌う官能的なメロディが、車内を甘く満たす。

「……紅葉。いちいち確認して悪いが、あの福沢諭吉《ふくざわゆきち》は、」

木の葉じゃないよな、と問う前に、「本物だ」と紅葉が言った。

「なら、さっき払った額の半分、出すよ」

外法使いが見つからなければ、紅葉も自分も困る。だから、金は折半すべきだと思った。

「明日、銀行で下ろしてくる」

今、鞄に入っているものでは、桁《けた》がひとつ足りない。かなり痛い出費だが、仕方ない。

「穴の空《あ》いたジャージ着てるような奴から、金を取り立てる気はない」

「……穴は空いてない」

「空くのは時間の問題だ」

紅葉が断言口調で予言した。

「お前は金の心配なんてしなくていい。銀行に行ってる時間があったら、解読を進めろ」

「だけど、いいのか？　あんな大金……」

「俺にとっては、大金でも何でもない」

本当にそうなのだろうと直感できる、ごくあっさりした声音が返ってくる。

「……古物商で儲《もう》けてるから？」

「ほかにも色々やってる。お前に呼び出されたときも、商談の真っ最中だった」

「狩衣で？」

「なわけあるか。式神が初めて召還されるときには、自動的にあの格好になるんだ。大昔から、そういう決まりだ」

へえ、と千明は頷く。

「その商談は、どうなったんだ？」

「胡桃沢が記憶を消して、まとめた」

紅葉は一瞬の間を置いて、「問題ない」と加えた。

まだ続いているラブバラードに感化でもされたのか、そんなはずはないのに「だから、気にするな」と思いやられたような気がした。

「……お前は領主の息子なんだろ？　どうして、こっちで青年実業家なんてやってるんだ？」

「主のためだ」

「呪術師の仕事に関係した商売をしてる、ってことか？」

「特に関係はない」

その答えの意味が咄嗟《とっさ》に摑めず、千明は首を傾げた。

「どういうことだ？」

問うと、紅葉が小さく息をついた。

「呪術師の修業は、普通は十数年で終えるものだろ？」

「そうだな」

「だけど、俺の主は二十八年経っても、まだ修行中だ」

口にすれば激高されそうなので言わないが、紅葉の主はかなり要領が悪い落ちこぼれのようだと千明は思った。

通常の二倍近い年月を掛けているのに、まだ修行が終えられないのであれば、きっと針《はり》のむしろ状態だ。喩《たと》えてみれば、三十もなかばを過ぎたいい歳の大人が小学生と机を並べて勉強し、小さな子供がやすやすとやってのけることが何もできないようなものなので、本人は相当辛《つら》いに違いない。

いっそ、自分のように、大して役に立たない力がちょっとあるだけの、呪術師の一族における「普通の人間枠《わく》」で生まれてきたほうがよかったのではないだろうか。

「こんな調子じゃ、いつか無事に修行を終えられたとしても、あまり稼《かせ》げそうにもないからな」

「だから、お前が稼ぐってわけか」

「ああ。主に惨《みじ》めな貧乏《びんぼう》暮らしはさせたくないからな」

「もしかして、料理がやたら上手いのも、主のために覚えたのか？」

そうだ、と紅葉は頷く。

「仕事でも生活でも、主に不自由な思いはさせない」

「へえ……。式神って、そこまでして主に尽くすものなんだな」

「ほかの式神がどうかは関係ない。俺は、自分がしたいと思ったことをしているだけだ」

言って、紅葉は黙った。

この話はここまでだ、ということかと思い、千明も黙り、車内に流れるメロディに耳を傾けていると、しばらくして紅葉の声が聞こえた。

「赤狐は数が少ない。妖狐と言えば普通は白か金で、赤毛は忌色《きしょく》とされる」

「どうして？」

「世界の境目が曖昧《あいまい》だった大昔に、赤狐の姉妹が天帝の息子を誑《たぶら》かして、反逆を唆《そそのか》したからだ」

それ以来、赤狐は赤狐であるというだけで迫害《はくがい》され、数を減らしていったという。今はもう、ほとんど見かけなくなり、滅《ほろ》びる寸前らしい。

「俺の母親は、森の奥の泉のほとりでひっそり暮らしていた若い赤狐だった。父親はその森へ狩りに行き、迷って、母親に助けられた。で、母親を城へ連れ帰った」

「森の娘と王様の恋か。おとぎ話みたいだな」

「それほど単純なメルヘンじゃないぞ。そのとき、父親には正妻も愛妾《あいしょう》もいたからな」

そう言ってから、紅葉は「俺の父親の称号は領主もしくは国主で、王じゃない」と訂正した。

妖霊界では、「王」とは国がいくつか集まった「州」を治める者の称号らしい。

「父親には、跡継ぎを含め、息子はもう大勢いた。そのため、一族や家臣たちは俺の母親を新しい愛妾にすること自体は反対しなかったものの、子を成すことは許さなかった。父親は白狐で、白狐と赤狐が交われば、必ず赤狐が生まれてくるからな」

紅葉は一呼吸置いて、続けた。

「だから、俺は本当なら存在しなかった」

声は淡々としているけれど、紅葉はどんな気持ちをその胸の奥にひそませているのだろうと思うとたまらず、千明は息を呑んだ。

「だが、ある日突然、状況が変わった。両親のもとへやってきた宿星神の使いに、赤狐を式神にと望む者がいると告げられて」

「……それで、お前が生まれた？」

そうだ、と紅葉は頷いた。

「俺は主のことをまだ何も知らないが、両親が言うには、宿星神の使いは、褒美《ほうび》として与える特別な式神だから、そこらの野にいる赤狐を選ぶわけにはいかない、と困っていたらしい。だから、俺の主は、そのとき転生する呪術師だったんだろうって。俺も、そう思っている」

ああ、と千明は独りごちた。

紅葉が生まれたときから契紋を持っていたと聞き、それを不思議に思っていたけれど、これでやっと納得できた。

紅葉の主は、前世で何か功を立てて死んだ呪術師で、転生するに際して、宿星神から褒美を授けられることになり、赤狐の式神を望んだ。そして、紅葉が生まれた。

――そういうことなのだろう。

「つまり、主は俺よりひとつ上か、同い年で、十数年後に俺は召還されることになる。そう考えた両親は、俺をこちらの世界で育てることにしたんだ。妖力はどこの世界にいても磨《みが》けるが、限られた時間でこちらでの暮らし方を身につけるには、実際に住むのが一番だからな」

紅葉は妖霊界から父親が派遣《はけん》した優れた師に囲まれて育ち、よき式神になるための英才教育を受けていたという。妖力の鍛錬《たんれん》はもちろん、こちらの世界での経営・経済、法律、社会情勢、そして家事から娯楽に関する情報などの、あらゆることの習得に励《はげ》んできたそうだ。

主が、呪術師としても、この社会で生を営む人間としても、何不自由なく暮らせるように。

「式神と呪術師の絆《きずな》は特殊なものだから、部外者の俺がとやかく口出しするものじゃないんだろうが……」

そう思いはしても、言わずにはいられなかった。

「お前は今までずっと、いつか主となる呪術師のためだけに生きてきたのか？」

たとえば、千明が紅葉を知らず、どこかの呪術師に仕える式神某の話として、今の話を本家の誰かから聞かされたなら、「へぇえ」と興味を持って耳を傾けただろう。

だが、千明は知っている。子猫にねだられてキャットタワーを組み立てたり、子猫を頭や肩に乗せたり、尻尾であやしたり、インスタントうどんの油揚げを「これが美味いんだ」とそのまま齧ったりする紅葉の姿を。

だから、どうしても思ってしまうのだ。

紅葉は、それで幸せなのだろうかと。家族と離れ離れで、寂しくないのだろうかと。

「他人のために生まれて、他人のために生きてる俺は、お前から見れば憐《あわ》れか？」

紅葉が皮肉げな声を投げてくる。

「気を悪くしたら、すまない。そういうつもりじゃ……」

こぼしかけた言葉を呑んで、千明は首を振る。

「いや……。俺は、鳳の一族でもこの業界のことはよくわからないから、正直なところ、どう思えばいいいか、わからない……。ただの人間としての自分の中の常識で、そんなふうに思ったのかもしれない……」

「確かに、正直な感想だな、人間」

紅葉が、喉の奥で笑った。

「式神になった妖魔は、妖霊界では一目置《いちもく》かれる存在になる。何十年、何百年と生きて高めてきた力と知識を、宿星神に認められた証《あかし》だからな。こっちの世界で喩えるなら、まあ、勲章《くんしょう》をもらったようなものだ。とは言え、式神となることを目標にしている妖魔などいない。妖魔も人間と同じように、自分の生を自由に生きることを望んでいるものだからな」

それゆえに、紅葉の異母兄たちは、紅葉の生き様を「家畜《かちく》のようだ」と笑ったという。

「だが、俺は自分のことを、そんなふうに憐れんだことはない」

そう告げた声は凜と清々《すがすが》しく、語られた言葉が決して虚勢《きょせい》などではないとはっきりと感じられた。

「俺にこの命を与えてくれたのは主だ。式神にするなら赤狐がいい、と主が望んでくれなければ、俺は今、ここにいなかった。その恩に報《むく》いるために、主が生きているあいだは、主のためだけに生きると決めている」

強い思いが伝わってくる。紅葉の全身から、まだ見ぬ主への一心の思慕《しぼ》が溢《あふ》れているようで、そのひたむきな熱が、なぜか千明の胸をざわつかせた。

ひとつの命の誕生に繋《つな》がったのだから、全体としてはいい話のはずなのに、少しも感動できなかった。

「……何だか、まるで、主を愛してるって告白みたいだな」

「ああ、愛してる」

迷いや照れなどかけらも見せず、紅葉はただまっすぐに肯定《こうてい》した。

「俺に命を与えてくれた主を愛さずに、誰を愛すんだよ。俺の愛は、主に捧《ささ》げるためだけにあるものだ」

「……両親や恋人は、愛してないのか？」

「実の親は特別枠だが、それでも主の次だし、恋人なんてものは持つ気はない」

返された答えに、千明は首を傾げた。

「どうして？　お前、そのルックスとスペックだと、もてるだろ？」

「もてようが、もてまいが関係ない。俺は、主の式神であるあいだは、主以外の誰かにうつつを抜かしたりはしないと決めている」

これほど一途に情熱的に主のことを想っているならば、下半身の処理をするための一夜の遊びなど言語道断だと考えているだろう。

そして、それが意味することに思い至り、首がますます傾いた。

「……紅葉。お前って、もしかして、童貞《どうてい》……か？」

「閨房《けいぼう》指南をカウントに入れなければ、そうだ」

頷いた紅葉に、恥じる様子など微塵《みじん》もない。

妖魔の貴族の閨房指南がどんなものかは想像もつかないけれど、紅葉がやたらと堂々としているのは「プロ相手の経験はあるから」ということではないはずだ。

きっと、主のために純潔を守ることを当然だと考えているからだろう。

「お前は、主の公私共の伴侶《はんりょ》になりたいのか？」

式神は皆、呪術師の生業上の伴侶だけれど、苦楽を共にするうちに私生活でも「妻」や「夫」となることがままある。

「主にそう望まれることを願ってる」

「……それは、お前、ちょっと、おかしくないか？」

自分に口出しをする資格などないとわかっているはずなのに、つい、そんな非難がましい言葉がこぼれた。

「実際に会うまでは、結婚したいと思えるほど好きになれるかどうかなんて、わからないじゃないか。名前も性別も容姿も性格も何も知らない相手で、唯一のわかっていることが、こう言っちゃ何だが、落ちこぼれの呪術師ってことだぞ？」

「落ちこぼれだろうが、どんな外見をしていようが、男だろうが、女だろうが、関係ない。俺は主を愛してる」

「……じゃあ、空振りした場合はどうするんだ？　年齢を考えたら、結婚してたり、子供がいてもおかしくないだろ」

いつ命を落とすかわからないためか、呪術師は大抵、早婚で、二十代の前半にはもう子供を持っていることが多い。

本家の息子たちもそうだ。そして、千明の同級生だった末息子は、中学生のときから恋人をとっかえひっかえしていたので、修行中の恋愛は別段禁じられてはいないのだろう。

もしかすると、紅葉の主は、もうすでに結婚して子供をもうけ、何かの家庭の事情で修行が滞っているのかもしれない。

「かもな。そのときは、主が家族とより幸せになれるようサポートすることに徹する」

「自分の気持ちは告げずに？」

「俺の心は主のものだ。だから、主の喜びが俺の喜びだ」

「……強烈だな。お前の主への愛は」

「当然だ」

そう答えた顔は、どこか得意げにすら見えた。

紅葉は本当に、まだ見ぬ主を心から愛しているようだ。道理で、召還した直後と、自分がその主ではないとわかったときの豹変ぶりが激しかったわけだ。

主に恋い焦がれ、普通の式神の二倍近い時を待ち続けていたぶん、紅葉はきっと、ひどく落胆したことだろう。

いたのが自分で悪かったと申し訳なく思う。けれど、同時に、まったくべつの気持ちが、千明の胸の中で渦巻《うずま》いていた。

宿星神から褒美を与えられるくらいだから、紅葉の主は前世では偉大な呪術師だったに違いない。けれど、今は三十間近になっても修行を終えられないようなありさまだ。

能力的には、見鬼《けんき》しかできない自分とあまり変わらないような気がする。それに、その呪術師見習いは「式神には赤狐を」と望んだだけで、紅葉を望んだわけではない。

――だったら。

自分があのまま、紅葉の主になれればよかったのに。そうすれば、こんな面倒なことをせずにすんだのに。紅葉が気に入ったらしい猫宮と、皆で一緒に楽しく暮らせたのに。

どんな落ちこぼれ呪術師だろうと、紅葉の主がいなければ紅葉は生まれていなかったのだから、そんな願いはまったくの無意味だとわかっているけれど、千明はそう思ってしまった。


「おい、人間。昼はとっくに過ぎてるぞ」

仕事部屋の障子戸《しょうじど》ががらりと開いて、山積みになったままの段ボールの向こうから紅葉《こうよう》の声が聞こえた。

千明《ちあき》は、机の上の時計を見た。もうすぐ十四時だ。

「……ああ、もうこんな時間か」

千明は伸びをして、椅子から立ち上がる。

段ボールの山をぐるりと迂回《うかい》して戸口へ行くと、肩に猫宮《ねこみや》を乗せた紅葉に睨《にら》まれた。

「早く昼メシを食え。テーブルがいつまでも片づかないじゃないか」

ワインカラーの薄手のニットにジーンズ。すれ違った十人が十人とも振り返るだろう美貌《びぼう》に負けていない、世界一可愛《かわい》い肩乗り子猫。

そのまま小洒落《こじゃれ》たメンズファッション誌の表紙にでもなりそうな出で立ちなのに、母親のようなことを口にする紅葉に、千明は思わず噴き出した。

「何、笑ってんだ？　根を詰め過ぎて、頭が壊れたのか？」

「……壊れてない」

小さく息を落とし、廊下に出ると、紅葉の肩に乗る猫宮が「にゃにゃん」と鳴いた。

すると、廊下が水平型のエスカレーターのように動き出し、ほんの一瞬でリビングの引き戸の前へ着く。

「にゃにゃっ」

猫宮がもう一度鳴く。今度は、紅葉がガラスの引き戸を開ける。

皆で中へ入る。ダイニングテーブルの上に、優しい緑がふんだんに使われた春色の料理が並んでいた。

「美味《うま》そうだ」

千明は笑って、席に着く。

「へえ。今日の昼は、そら豆の炊《た》き込《こ》みご飯と……、こっちはクリームシチューか？」

「いや、クレソン入り具だくさんクリームスープ。その隣は初鰹《はつがつお》の竜田揚《たつたあ》げ」

四月上旬。朝からよく晴れている今日は、気温が高い。開け放たれた窓から、ふんわりと優しい春の風が流れこんでくる。庭で咲く花々の匂いをほのかに乗せて。

福田《ふくだ》家から呪術《じゅじゅつ》の教書を運びこんできて、一週間と少し。そのあいだに、紅葉はこの家の家事と猫の世話をこなす主夫と化し、猫宮はもみじ色の妖狐と性格の悪い廊下を操るちょっとした魔法使い猫となった。

廊下は、勝てないとわかっているからか、紅葉には悪さはしない。今や、この家で動く廊下に揶揄《からか》われるのは、千明だけだ。

「ああ、それと。冷蔵庫にいちごのデザートが入ってるから。部屋に戻る前に、ちゃんと休憩《きゅうけい》しろよ」

「……そこは、休憩してる暇《ひま》があるなら、解読を急げ、じゃないのか？」

呪術師の仕事にも何かと書類が必要だ。けれど、呪術師には細かい書類仕事を嫌う者が多い。そのため、呪力を持って生まれなかった一族の者が呪語を学び、代書屋となる。

千明の兄もそんなひとりだ。千明も幼い頃、兄と一緒に本家へ呪語を学びに行っていた。けれど、千明は呪語とは相性が悪く、一年も経《た》たずにやめてしまった。

いくつかの文字は覚えているが、辞書がなければ意味のある単語にできないし、その辞書も書店で売っているような親切なものではない上に、初心者用なので使い勝手が悪い。

考古学者が古代文字を解読するような作業が必要で、引き取ってきた百三冊の教書のうち、契約解除のマニュアルではないと確かめられたのは、まだたった八冊だ。

特に、解読を初めて、最初の二日間はもたついた。だから、てっきり、せっつかれるものだと思っていたけれど、紅葉は一度も急《せ》かしてこない。

千明は、それが不思議だった。

「急がば回れ、だ。この契約を解除するために頼れるものは、お前の頭だけだからな。無理やり鞭《むち》をふるって、お前が倒れでもしたら、本末転倒だからな」

にゃん、にゃん、とご機嫌で頭に上ってきた猫宮を三角耳であやしながら、紅葉は「それに」と言葉を継ぐ。

「お前が、ちゃんとやってるのはわかってる」

「どうして?」

教書の解読は仕事部屋にこもってしている。

部屋の中の様子は紅葉にはわからないはずなのに断言口調で言われ、千明は首を傾《かし》げる。

「洗濯物《ぜんたくもの》を干《ほ》したり、取りこんだり、庭で猫宮に狩りを教えたりするときに、真剣な顔で教書をめくってるお前が、窓から見えるから」

「……のぞくなよ」

「のぞかれたくなかったら、カーテンでも引いとけ」

「カーテンはまだ段ボールの中だ」

「なら、仕方ない。我慢して、のぞかれとけよ」

そんな物言いに、頬の筋肉がかすかに動いた。

笑ったのか、解読をなかなか進められない不甲斐《ふがい》なさを辛《つら》いと感じたのか、自分でもわからなかった。

「……この契約のこと、いつまで宿星神《しゅくせいしん》に隠しておけるんだ？」

「さあなあ」

紅葉は肩をすくめた。

「いつかは、必ずバレる。天網恢恢疎《てんもうかいかいそ》にして漏らさず、だ。とは言え、ピンポイントで見張られてるわけじゃないからな。そのときがいつ来るかなんて、知りようがない」

まさに神のみぞ知る、ということなのだろう。

「とにかく、お前はちゃんと食って、寝て、体調を万全に整えて、教書を解読しろ」

「だけど、こんな調子じゃ、すべてを解読し終わるまでに、いつまでかかるかわからない。やっぱり、」

考え直して、俺の兄さんに話さないか。兄さんは、絶対に秘密を守ってくれるから。

そう言おうとしたが、紅葉に鼻を摘まれ、言葉が喉に詰まった。

「俺たちの知りたい答えは百三冊目まで出てこないかもしれないが、今日これから読むやつに出てくるかもしれない。あるいは、そもそも、書かれてないのかもしれない。だけど、それは、やってみなきゃ、わからないことだろ。始めたばかりで、この先どうなるかもわからないのに、悪い結果ばかり想像して、うだうだ迷うのは無意味だ」

「……どこの誰ともわからない相手と会う前から結婚すると決めてる奴《やつ》に言われると、説得力があるな」

「だろう？」

紅葉が唇の端をにっとつり上げる。

野性味と優雅さを併《あわ》せ持《も》つ笑みに、千明も淡く笑う。

「今はまだ、次の手を考えるときじゃない。お前が今やるべきことは、解読を進めることだ」

確かに、紅葉の言う通りだ。

千明は頷いて、手を合わせた。

「いただきます」


千明がデザートのいちごを食べ終えたとき、紅葉は庭で洗濯物を取りこんでいた。

物干し場はなぜか白い金魚草《きんぎょそう》が群生する場所の中に設置されている。金魚草に囲まれた紅葉の尻尾がひゅんひゅん跳ねていて、それを捕らえようと猫宮が猫パンチを繰り出している。

洗濯をする狐。料理をする狐。掃除をする狐。金魚草畑で子猫と遊ぶ狐。

何だか、絵本になりそうなメルヘンな光景だ。

そんなことを思いながら食器を洗っていると、猫宮が庭から戻ってきた。何日か前に紅葉に教えられていた通り、掃《は》き出《だ》し窓をくぐる前に、汚れを落とすためにぶるっとからだを震わせた。けれど、子猫なので、上手《うま》くできていない。花びらや葉っぱがまだついたままだ。

「猫宮、おいで」

千明は流し場の水をとめ、タオルで手を拭《ふ》いて、窓のほうへ向かう。

飛び跳ねて寄ってきた猫宮を抱き上げ、身体についている花びらと草を取ってやり、毛を指先で梳《す》いていたとき、千明はふと思いついた。

――ちょうどいい。ブラッシングに慣れさせる練習を少ししてみよう。

「猫宮、ちょっと待っててな」

リビングを出、猫宮の部屋から豚毛《ぶたげ》のブラシを取ってくる。

窓辺に座り、脚の上に猫宮を乗せる。そして、やわらかいブラシの先で、小さな耳の後ろにそっと触れてみる。

「猫宮、どうだ？　痛くないか？」

猫宮は「にゃあ」と可愛《かわい》らしく鳴いた。嫌がる様子はないので、頭から首にかけてをゆっくり梳いていると、ふいに猫宮がころんと寝転び、仰向《あおむ》けになった。

眠くなったのだろうかと思ったが、猫宮はぐっと反《そ》らせた顎《あご》を、前肢《まえあし》でちょいちょいと掻《か》いた。首回りにブラシを掛けてほしいようだ。

猫宮にブラシを当てるのは初めてで、今日はその感覚を教えるだけのつもりだった。けれど、猫宮はブラシが何をするものなのか、ちゃんとわかったようだ。

「猫宮。お前は何て賢いんだ」

千明は思わず感動した。

「そうだ。これは、きれい、きれいのブラシだぞ」

わかったよ、と言うように猫宮が青く透き通った目を細めた。

「お前は、世界一、可愛くて賢い猫だぞ、猫宮」

にゃぁん、と満足げに返事をした猫宮の首に、千明はブラシをそっと当てた。

気持ちがいいのか、猫宮が身体をだらんと弛緩《しかん》させる。

ゆっくりゆっくり毛を梳くうちに、猫宮はまどろみはじめ、やがて眠ってしまった。

安心しきって眠るあどけない顔はこの世ならざる可愛さで、見ているだけで癒《いや》される。この一瞬は、心の中の色々な憂《うれ》いを忘れられる。もう少しだけ、眠る猫宮を眺めていようと思ったとき、紅葉が洗濯かごを持ってこちらへ歩いてきた。

「あと三分したら、部屋に戻るから」

休憩を取れ、とは言われたものの、長すぎたかもしれない。

つい、弁解めいたことを口にした千明を見て、紅葉が片眉を上げた。

「何も言ってないだろ」

紅葉は千明の横に洗濯かごを置き、さらにその隣に腰掛けた。

「猫宮のブラッシング、してたのか？」

ああ、と千明は頷き、何気なく冗談を放つ。

「俺の腕がいいから、あっという間に夢の中だ」

「寝たのはお前の腕のせいじゃなくて、こいつが子供だからだろ。いつでも、どこでも、いきなり寝るからな、こいつ」

「いや、違う。これは、俺の腕だ。実家で、ずっと猫を飼《か》ってるから、俺は子供の頃から世話をし慣れている。ちょっとしたトリマー並だぞ」

ブラッシングの腕に自信があるのは本当なので、胸を張って告げると、紅葉が双眸《そうぼう》を細めた。とても疑わしげだ。

「ま、口ではどうとでも言えるよな」

「じゃあ、試してみるか？」

千明が挑むと、紅葉はふいっと顔を逸らし、庭を眺めはじめた。

いい、とも、駄目だ、とも言わずに。約十日、一緒に暮らしてわかった。こういうときは「いい」だ。駄目ならはっきりと拒絶が飛んでくる。

千明は洗濯かごを後ろへ押し、紅色の尻尾を手に取った。やはり、紅葉は怒らない。

毛並みに沿って、ブラシをゆっくりと動かす。間近でこうして見ると、本当に綺麗な紅色だ。

つやつやとしていて、素晴らしい毛艶《けづや》だ。

ブラシを当てて、梳いたところから、春の陽光を弾《はじ》いてきらきら輝くようだ。日頃からよく手入れされていることがわかる。

「なあ。もしかして、お前って、専属のブラッシング係がいたりするのか？」

「いる」

貴族なのだからいてもおかしくないと思いつつ、半分は、美しい髪が自慢のお姫様じゃないんだから、まさかな、と考えていたので、間髪《かんはつ》いれずに肯定《こうてい》され、千明は小さく笑った。

「さすが、高貴なお生まれだな」

「……お前、俺を馬鹿にしてるだろ」

「ちょっとした。童話の中のお姫様かよ、って」

「姫は、」

紅葉は何かを言いかけてなぜかやめ、少し不機嫌そうに鼻を鳴らした。

「悪かった。怒るなよ」

紅葉はむすっと黙っているけれど、腰を上げようとする気配ない。

千明のブラッシングは合格点をもらえたようだ。

「ここへ来てからは、どうしてるんだ？」

「自分でしてるに決まってるだろ」

紅葉が自分でブラッシングをする姿を想像して、千明は頬をゆるませた。

「じゃあ、今日からは俺がやろうか？」

気がつくと、口からそんな言葉がこぼれていた。

「毎日、食事を作ってもらう礼に」

「礼をされる謂《い》われはない。この契約を解くために、お前は教書を解読して、俺はお前が万全の体調で解読に臨《のぞ》めるようにする。ただ、それだけだ」

「そう言うなよ。俺は美味い食事の礼を、何かしたいんだ」

千明は小さく苦笑し、今度は「させてくれ」と頼んでみた。

すると、紅葉は片眉を上げたあと、「好きにしろ」と鼻を鳴らした。

「ああ、そうする」

「……ちなみに、さっきの昼メシは、何が一番美味かったんだ？」

「全部美味かったが、クリームシチューが最高だった。身体が温まって、肩や首の凝《こ》りが楽になった気がする」

「気、じゃない。実際になったんだ。血の巡《めぐ》りをよくさせるのが、クレソンの薬膳《やくぜん》効果だからな」

へえ、と頷きながら、千明は紅葉の尾を丁寧に梳く。

「それから、あれはシチューじゃなくて、スープだって言っただろ」

「どっちでも一緒だろ。何が違うんだ？」

「全然違う。シチューはとろみがあって具が大きくて、メイン料理になる。スープはさらっとしてて具が小さくて、メインにはならない」

そんな蘊蓄《うんちく》を披露《ひろう》し、駄目押しのように「全然違う」と紅葉が繰り返したときだ。

庭で春風が舞って、色とりどりの花々がいっせいに揺れた。

白いマーガレットや金魚草、淡いピンクの木蓮《もくれん》、薄青の勿忘草《わすれなぐさ》、紫のあじさい、黄色いダリア、オレンジやチョコレート色のコスモス、真っ赤な薔薇《ばら》。そして、草木の緑。

あちらこちらでたくさんの色が混ざり合って、まるで花の森のような美しさだ。

「この庭は、季節が狂ってるな」

「だけど、綺麗だろう？」

「まあ、子供は好きそうな場所だな。妙な虫もやたらと多いし」

この庭は季節だけでなく、生態系もおかしい。

カマキリやバッタ、キリギリス、コオロギといった身近な昆虫はもちろん、都内には棲息《せいそく》していない、まるで宝石かと見紛《みまが》うような珍しい昆虫もたくさんいる。

母親の話によると、大叔父《おおおじ》は昆虫コレクターだったそうだ。結界を張ったこの庭で大叔父はコレクションした昆虫を放し飼いにしており、自然に繁殖《はんしょく》していったものらしい。

「そう言えば、紅葉。お前、猫宮に庭で狩りを教えてるって言ってたよな。何を狙《ねら》わせてるんだ？」

狩りは猫の本能だ。とめられないことはわかっているが、狐に狩りを教わることでめきめき腕を上げて、大物を仕留めるようになられてはちょっと困る。人間目線の勝手な言い種だけれど、猫宮にはいつも狩りを失敗する可愛いドジっ子猫でいてほしい。

「主に蝶《ちょう》だが、俺が狙わせてるわけじゃないぞ」

紅葉は言って、千明の脚の上で眠る猫宮を見やる。

「こいつは蝶を捕まえて、背中に乗って空を飛びたいらしい。まあ、まだ、一頭も捕まえられてないがな」

「……蝶には乗れないって教えてやれよ。頑張って捕まえたときに、がっかりするだろ」

「俺がここにいるあいだに捕まえたら、飛ばしてやるさ。ま、確かに蝶に乗るのは無理だから、そこらの花にでも乗せて」

「花って、そっちのほうがもっと無理じゃないか？」

「そんなことはない」

自信ありげに笑った紅葉が、庭に向けて手を伸ばす。

池のほとりで咲いていた星形の青い花が三つほど空に浮き上がったかと思うと、猫宮が乗っても大丈夫だろう大きさになった。そして、流星のように池へ飛んでいき、水面《みなも》に落ちて、睡蓮の中に混じった。

あの星に似た花に乗って空を飛ぶ猫宮の姿を想像し、千明はふと思った。

「ライリーの歌みたいだな」

言うと、『星降る花の森』が自然と口からこぼれでた。

——星が降る花の森をわたしは飛んでいく。

——どこまでも飛んでいくわ。あなたを見つけるまでずっと。

——だから、お願い、あなた。見つけられたら、抱きしめてキスをして。

千明は紅葉の尾にブラシを当てながら、密《ひそ》やかに歌った。

「歌はまあまあだな、人間」

紅葉が淡く笑った。

その呼び方はいい加減にやめろ、と不満をこぼそうとして、すぐに考え直した。

自分が機嫌を悪くすると、教書の解読が滞《とどこお》ると思っているようで、紅葉はこのところ、あまり憎《にく》まれ口《ぐち》を叩かない。

紅葉が自分とのあいだに築いた境界の高さは変わっていないものの、最初の頃のような敵意混じりの冷たさは消えている。そのせいで、美味い料理を三食作ってくれ、洗濯や掃除もしてくれる紅色の狐との生活は、いつの間にか心地のいいものになっている。

けれど、紅葉はそのうちいなくなる狐だ。最期《さいご》まで一緒にいられる猫宮と違って、紅葉はそう遠くない日に必ず自分の手元から消える。

紅葉の存在にあまり慣れすぎると、別れが辛くなる。

だから、近づけたようで、近づけていない、これくらいの曖昧な距離がちょうどいい。

きらきらと輝く紅色の被毛《ひもう》をブラシではなく指で撫《な》で、千明は自分にそう言い聞かせた。

それでも、そのすぐそばから未練が湧く。

こんなにも好みの色をした狐なのに、残念だ。残念でたまらない。

そんなふうに感じてしまうのは、紅葉がいなくなれば、話し相手がいなくなることを寂しく思っているからだろうか。

ハードボイルドを気取って、一生独《ひと》りで生きていく覚悟をして家を出た。だが、これまでずっと、家族に囲まれて生活してきたために自覚できていなかっただけで、自分の心は独り暮らしの静けさに耐えられないほど弱いものだったのだろうか。

——それとも。

一瞬、脳裏を過《よ》ぎった可能性を、千明は気づかなかったことにした。

『今、近くに来ているんですが、少し、お邪魔してもいいでしょうか』

小宮《こみや》からそんな電話が掛かってきたのは、翌日の昼食後のことだった。

そのとき、千明は紅葉のブラッシングをしつつ、猫宮と戯《たわむ》れていた。了承の返事を返して、数分も経《た》たないうちに、呼び鈴が小宮の訪問を告げた。

猫宮をもらった日に「血縁者しか入れてはならないという遺言《ゆいごん》がある」と告げた千明の出任せを、小宮は本気にしている。だから、律儀《りちぎ》に玄関の外に立ったまま、可愛らしいロゴが印刷された紙袋を差し出してきた。

「お礼が遅くなってすみませんでした。妻のチョイスのいちごタルトです」

「ありがとう。ちょうど今、昼休憩中だから、早速《さっそく》、デザートにいただくよ」

「そこのお店、本当に美味しくて、俺も妻も大好きなんです。先生にも気に入っていただければいいんですが」

そう言った直後、小宮が視線を千明の背後へ動かし、「あ！」と顔を輝かす。

振り向くと、猫宮と紅葉がいた。紅葉は黒くて大きな長毛種の猫に化けていて、その背に猫宮を乗せている。

「にゃー」

猫宮は紅葉の背かから小宮を見上げて、愛らしい声で鳴く。

「せ、先生っ。写真！　写真、撮《と》っていいですか？」

悶絶《もんぜつ》したように身体をくねらせて小宮が叫ぶ。

黒猫に化けた紅葉を、千明はちらりと見る。写真撮影《さつえい》断固拒否という顔ではなさそうだけれど、歓迎もしていないようだ。

「……えぇと。そっちの黒いの、写真が嫌いだから、一枚だけなら」

「はい。じゃあ、一枚だけ」

小宮はスーツのポケットからいそいそとスマートフォンを取り出して、猫宮と黒猫紅葉のツーショットを写真に収めた。それからすぐに、スマートフォンをしまった。

「ところで、こっちの大きい猫ちゃん、メインクーンですか？」

「……も、入ってる雑種かな。実家から、今、一時的に預かってて」

「そうなんですか。それにしても、凛々《りり》しいですねえ。それに、大人しくて優しいですね。子猫を背中に乗せる猫って、初めて見ました」

「気が合うみたいだから、この二匹」

千明は笑ってごまかす。

「そうそう。この子、猫宮って名前にしたんだよ。小宮君からもらった子猫だから」

「へえ、猫宮、ですか。雅な感じの名前ですね」

小宮が腰を屈《かが》めて、紅葉に跨《また》がる猫宮へ顔を近づける。

「いい名前をもらったな、お前」

「にゃん」

「ぴっかぴかの毛艶《けづや》だな、お前。たくさん可愛がってもらって、美味しいものを腹一杯食べさせてもらってるんだな」

「にゃん、にゃん」

問われるたび、猫宮は小宮を見つめて愛らしい声で鳴いた。

千明は何となくわかった。きっと、猫宮は小宮に挨拶《あいさつ》に来たのだ。

世間では、猫は恩を三日で忘れると言われているけれど、決してそんなことはない。猫宮は小宮のことも、小宮に命を救ってもらったことも、ちゃんと覚えている。

感謝を伝えようとしているのか、懸命《けんめい》に愛らしさを振りまく猫宮とひとしきり見つめ合ったあと、小宮は手の甲で目頭《めがしら》をぐいっとこすって、姿勢を正した。

「先生。この子をこんなに可愛がっていただいて、本当にありがとうございます」

「俺こそ、ありがとう、だよ、小宮君。こんな可愛い子に引き合わせてくれて」

千明の言葉に、小宮がくしゃっと笑う。

「それでは、俺、これで失礼します」

頭を大きく下げてから、小宮は門前へ踵《きびす》を返した。

敷石《しきいし》を大股《おおまた》で歩く小宮の肩は、少し震えていた。

「にゃぁーん……」

黒猫に化けた紅葉の背に跨《また》がる猫宮が、遠ざかる背に向けて、右の前肢をふりふりと振る。

普通の人間にはお化け屋敷だろうこの家に小宮を上げることは絶対にできないけれど、猫宮との面会を断る気はない。会いたければ、いつでも会っていい。

だから、今生《こんじょう》の別れでも何でもないけれど、ついもらい泣きをしそうになったときだった。

いきなり小宮が身体を反転させ、こちらへ突進してきた。

「先生！」

「な、何かな、小宮君」

「肝心《かんじん》要なことを忘れていました！」

小宮の大声が鼓膜《こまく》に突き刺さり、千明は思わず後退《あとずさ》る。

「俺の同期の営業の成田《なりた》、覚えておいでですか？」

以前、星港堂《せいこうどう》を訪ねたとき、小宮から紹介された社員のひとりだ。

「うん、覚えてるよ。背の高い、眼鏡《めがね》かけた子だよね」

「そうです。その成田の大学の同期が月島《つきしま》出版で編集をしてまして」

月島出版は、付録つきの女性ファッション誌を主力商品とする中堅《ちゅうけん》出版社だ。仕事をしたことはないが、兄嫁《あによめ》が毎月、数冊の雑誌を愛読しているので、個人的に馴染みがある。

「で、そのふたりが今晩、合コン開くんですが、男子のメンバーがひとり、足りないらしくて。先生、参加されませんか？　女の子は全員、二十代のモデルですよ」

小宮の表情からして、どうやら、こちらのほうがメインの謝礼のようだ。

それがありありと伝わってきて、千明は困った。

「あー、いや……。今晩はちょっと用があるんだ」

千明は頬を掻《か》きながら、「せっかく声を掛けてもらったのに、申し訳ない」と詫《わ》びる。

「いえ、どうかお気になさらず。こちらこそ、急な話ですみませんでした」

そう言った小宮の目が、千明の頬の上にある左手を捉《とら》えた。

しまった、と思ったけれど、もう遅かった。

「あれ。先生、その指輪……」

「結婚はしてないからね」

千明はまず、きっぱりと否定した。

そして、呪具だということだけを省《はぶ》き、拾った指輪を好奇心で嵌《は》めたら抜けなくなっただけだという間抜けな理由を説明しようとした。

だが、小宮はその時間を千明にくれず、「結婚を前提にお付き合いされている方がいらっしゃるんですね」と目を輝かせ、ひとりで納得してしまった。

「このお家に引っ越されたのも、だからだったんですね。俺、てっきり、先生にはまだ、決まったお相手はいらっしゃらないと思っていましたが、そりゃ、そうですよね。翻訳《ほんやく》業界一の超絶クール・ビューティなんですから、もうすでに美女とお付き合いされていますよね」

失礼しました、と小宮は爽《さわ》やかに笑った。

「ところで、先生。差し上げたリップクリーム、効いたようですね」

言われ、最近は唇のかさつきを感じず、だからあのリップクリームもいつの間にか使わなくなっていたことに気づく。

「唇のかさかさ、もう完治してますよ。彼女さんに、喜ばれたでしょう?」

もう何だか、一から訂正するのが面倒臭《くさ》くなってしまい、千明は「ありがとう」と笑った。

多少、噂《うわさ》が流れるかもしれないが、この呪具が外れてから、「別れた」と言えばすむことだ。


キッチンで開けたケーキ箱には、一口サイズのいちごタルトが四つ入っていた。

「紅葉。お前も、タルト食べるか?」

足もとに向かって問うと、黒猫に化けていた紅葉がいつもの半妖の姿に戻った。

猫宮は張りついていた紅葉の背からひらりと床へ着地すると、「にゃ」と鳴いて、開いていた掃《は》き出《だ》し窓から庭に駆け降りた。

「翻訳業界一の超絶クール・ビューティ?」

紅葉が、乾いた声と眼差《まなざ》しを向けてくる。

「三千年に一度の妖精王女とどっこいどっこいのギャグだな」

「……俺が自分でそう名乗ったわけじゃない。タルト、食べるのか、食べないのか、どっちだよ？」

「今から、お前のことを、翻訳業界一の超絶クール・ビューティと呼んでやろう。食う」

「やめてくれ。人間、のほうがまだマシだ」

細く息をついて、千明はタルトを皿に取り分ける。

紅葉は細口のドリップポットに水を入れ、火に掛ける。コーヒーを淹《い》れてくれるようだ。

庭で「にゃにゃー！」と猫宮が高く鳴く。見ると、金魚草畑でぴょんぴょん跳ねている。心が惹《ひ》かれる虫でも見つけたのだろう。

「さっきの合コン、行きたかったら、行ってこいよ。一晩くらいの息抜きにしなら、とめないぞ」

「左手の薬指に指輪なんかして、合コンに行けるわけないだろ」

「指輪が消えれば、行きたいのか？」

「え？」

「一時的に人間の目に映《うつ》らなくすることくらいなら、簡単にできる」

紅葉はサーバーとドリッパーを湯で温め、ペーパーフィルターをセットする。そこへ中細挽きコーヒー粉が投入される。

「俺のために術を使ってもいいのか？」

「息抜きをすることで解読作業の効率が上がれば、結果的には俺自身のためになる」

「なるほどな」

小さく笑ってから、千明は「いい」と首を振る。

「合コンに行っても、べつに息抜きにはならないしな」

家で美味いコーヒーを飲みながら寛いだり、猫宮と戯《たわむ》れたり、紅葉と穏やかな時間を過ごすほうが、よほど息抜きになる。

「モデルだらけの合コンでテンションが上がらないって、ゲイかよ、お前」

紅葉が笑って、ペーパーフィルターに湯を注ぐ。コーヒー粉がもこもこと膨《ふく》らんでゆき、いい香りが辺りに広がってゆく。

「ああ、そうだ」

コーヒーの優しい香ばしさを吸いこむと、肯定《こうてい》の言葉が気負いなく、ぽろりとこぼれ出た。

「だから、行っても楽しくない」

「男のモデルだらけの合コンなら、楽しめるのか？　ツテがあるから、開いてやろうか？」

驚くでも蔑《さげす》むでもない声で、紅葉が言った。

「ツテ？」

「顧客《こきゃく》には、業界人も多いからな」

「へえ。モデル業界は骨董品《こっとうひん》ブームなのか？」

「アンティーク好きのモデルは少なくないが、そういう意味じゃない。業界人の顧客が多いのは、カフェとか、バーとか、クラブとか、飲食系の店だ」

パパラッチ対策が完璧《かんぺき》なので、業界人に人気なのだそうだ。

「色々店を持ってるんだな、お前」

「ああ。ホテルや普通の会社も持ってるぞ」

「謎《なぞ》な狐だな、お前」

千明は小さく笑って、「合コンはいい」と首を振る。

「どうしてだ？　お前、つき合ってる相手なんて、いないだろ」

「……ああ」

少し迷ってから、千明は告げた。

「俺は、誰ともつき合えない。だから、一生、独りで生きていくと決めている」

「大恋愛した相手に不治の病で先立たれでもしたのか？」

「だったら、いいがな」

千明はうつむいて、笑った。

「俺は誰ともつき合ったことがない。好きになった相手にはいつも、恋人やパートナーや妻子がいたからな。何の因果か、とことん恋愛運がないんだ」

紅葉が千明を見た。そして、片眉を撥《は》ね上《あ》げた。

「お前、童貞か？　翻訳業界一の超絶クール・ビューティ」

「正真正銘《しょうしんしょうめい》のな。お前と違って」

なぜか告げることに抵抗感を覚えないまま答えたときだった。

「にゃにゃう！　にゃっ、にゃっ！」

猫宮の声が高く響く。見やった先で、猫宮が何かに向かって威嚇《いかく》ポーズを取り、全身の毛を逆立《さかだ》てている。

もしかして、蛇でも出たのだろうか。慌てて、紅葉と庭へ下りると、猫宮が戦っていた相手はバッタだった。バッタは凶暴だ。噛みつかれてしまう前に、千明は猫宮を抱き上げた。

「にゃ、にゃ、にゃ、にゃ、にゃにゃん！」

猫宮は千明の腕の中からバッタに向かい、届くはずもない猫パンチを繰り出して、叫ぶ。

どうやら、相当興奮しているようだ。

「何て言ってるんだ、猫宮は」

「要約すると、空を飛べないことを揶揄《からか》われて、怒ってるようだ」

苦笑気味に告げながら紅葉は屈《かが》み、「猫宮のたんぱく源になる前に、あっちへ行け」とバッタの前で手を振った。

バッタは、飛んでいった。その前に、紅葉の指をひと噛みして。

一瞬、眉根《まゆね》を寄せた紅葉の指先からは、薄く血がにじんでいた。

「にゃにゃあ！」

猫宮が心配そうに、紅葉のほうへ身体を伸ばす。

「大丈夫だ。何でもない」

頭を撫でようとしたのだろう紅葉の指を、猫宮が前肢でぱっと挟《はさ》んで、舐《な》めた。

猫の舌は、獲物の肉をこそぎ取るためにざらついている。小さくても、もうしっかりその特性を持っている猫宮にざりざりと傷口を舐められ、紅葉の眉がかすかにひくついた。

「こら、猫宮。駄目だぞ。狐の血なんか舐めたら、ばっちいからな」

紅葉のほうへ前のめりになっていた猫宮を、千明は抱き直す。

「……おい、翻訳業界一の超絶クール・ビューティ。ほかに言うことはないのか？」

「俺にも心配してほしいのか？」

「誰がそんなことを言った」

「そういう目をしてたから」

お前は目がおかしい、と鼻筋に皺《しわ》を刻んだ紅葉と、並んで家へ引き返す。

「ほら、猫宮。意地悪なバッタに会わないように、今日はもう、家の中で遊ぼうな」

にゃ、と鳴いた猫宮を床に下ろす。猫宮はリビングのソファに飛び乗って、あくびをした。

千明と紅葉は、シンクで手を洗った。

「指、バンドエイド、貼《は》るか？」

「それは、バンドエイドがどこにあるか、知ってる奴のセリフじゃないのか？」

救急箱はリビング用の段ボールに詰めた。そして、その段ボールを片づけたのは紅葉だ。

言われてみれば、千明は救急箱が今どこにあるのか、知らない。

救急箱だけじゃなく、ほかの色々なものの在処《ありか》も知らない。家事は紅葉がすべてやってしまうので、知る必要がなかった。

紅葉がいなくなってしまうと、細々とした物を探すのに苦労しそうだ。

そう思った胸の中で、ふいに心臓が大きな鼓動を刻んだ。

「……どこだ、救急箱」

紅葉が、リビングのキャビネットを指さす。

千明はキャビネットから救急箱を取り出した。バッタに嚙まれたのは、右手の中指だ。左手では巻きにくいだろうと思い、バンドエイドを貼ってやった。

ほんの一瞬、指が触れ合う。紅葉の体温を感じて、主でもないのにその身体に触れてしまったことに気づく。

けれど、紅葉は千明の手を払いのけたりしなかった。

胸のざわめきが、さらに大きくなる。

「バッタのせいで、コーヒーが冷めたな」

サーバーに触れ、紅葉が小さく息をつく。

千明も、サーバーに触れてみる。確かに、中を満たすコーヒーはぬるくなっていた。

「淹れ直すか」

「もったいないから、このままでいい」

そうか、と頷き、紅葉はマグカップにコーヒーを注いだ。千明はタルトを載せた皿を、ダイニングテーブルに運んだ。

「ところで、諦《あきら》めるには、早くないか？」

言って、紅葉が千明の向かいの席に座る。

「早い？　何が？」

「さっきの話」

「ああ……。年齢だけ見ればそうかもな」

千明は苦笑して、コーヒーを飲む。

「だけど、二度、三度のことならともかく、小学生のときの初恋からずっと同じことの繰り返しなんだから、そういう星の下に生まれたんだと諦めるしかないだろ。他人の幸せを壊してまで自分が幸せになりたいとは思えないし、人のものばかり好きになるのは、もう疲れた」

「枯《か》れ果《は》てた爺《じい》さんみたいな発言だな。お前、いくつだよ？」

「三十二」

答えたとたん、「三十二？」と鸚鵡《おうむ》返しにされる。

「同い年くらいか、年下かと思ってた」

本気で驚いたような顔で紅葉が言った。

「威厳《いげん》がない三十二歳だな、翻訳業界一の超絶クール・ビューティ」

「その呼び方、やめろ。年上だとわかったんなら、敬《うやま》えよ」

「調子に乗るなよ、翻訳業界一の超絶クール・ビューティ」

紅葉が鼻を鳴らし、タルトを口に放りこむ。

「それから、翻訳業界一の超絶クール・ビューティ。たった三十二で、そんな辛気臭《しんきくさ》い顔して自分は一生独りだって諦める前に、一度でもちゃんと恋をしたらどうだ」

「……恋はしたぞ?」

「してない」

即座に、強い声音で否定される。

「恋をしたら、その相手のこと以外、考えられなくなる。誰かにお人好《ひとよ》しな配慮《はいりょ》ができてるようなら、それは恋じゃない。単なる憧《あこが》れだ」

千明をまっすぐに見据《みす》え、紅葉は言った。

「お前が本気になれば、どんな相手でも落とせるはずだ。むやみやたらに略奪愛を勧めるつもりはないが、たった三十二で独りで生きる覚悟をするくらいなら、その前にまずは一度、本気であがいてみろよ」

向けられた紅葉の言葉が鼓膜《こまく》の奥深くへ沁みこんできて、胸を揺さぶった。姉にも同じようなことを言われたのに、どうして紅葉の言葉はこんなにも心に響くのだろう。

けれど、今、胸の中にあるのは、励《はげ》まされた嬉しさではない。

心を鋭く尖《とが》った爪《つめ》で引っ掻かれたような痛みのような気がする。

せっかく凪《な》ぎかけていたのに、胸の中で揺れるさざ波が大きくなる。

「翻訳業界一の超絶クール・ビューティな三十二歳が、恋を知らないなんて、笑い話にもならないぞ」

「……慰《なぐさ》めてるのか、貶《けな》してるのか、どっちだよ」

「さあな」

肩をすくめ、紅葉はもうひとつ残っていたタルトを食べて、立ち上がる。空《から》になった皿を下げにキッチンへ行くのかと思ったが、紅葉はなぜか千明のそばへつかつかと寄ってきた。

「そんなことより」

眉根をきつく寄せた紅葉が、千明の唇を指先で押した。

「お前の唇の荒れを治したのは、俺の食事だ。礼は、俺に言うのが筋じゃないのか？」

真剣そのものの真顔で凄《すご》まれ、千明はぽかんとまたたく。

「……ああ、そうだな」

「なら、礼は俺に言え」

「……ありがとう」

「もう一度」

「……何でだよ？」

「いいから、もう一度」

「ありがとう、紅葉。感謝してる」

もう一度、今度はもっと丁寧に礼を言うと、紅葉はようやく満足したらしく、皿とマグカップを持ってキッチンへ行った。

紅色の長い尾が、大きく揺れている。

今のは一体、何だったのだろう。触れられた唇が熱い。

その熱を冷まそうとして、千明はぬるいコーヒーを飲んだ。けれども、疼《うず》くような熱はじんじんと主張を激しくするばかりだった。


休憩を終え、千明は仕事部屋へ戻った。

唇がしつこく疼くせいでなかなか集中できず、時間だけが過ぎていたさなか、スマートフォンがメールを受信した。ある出版社からの事務連絡だった。

返信にはちょっとした確認作業が必要だ。そして、そのためには、いまだ山積みになっている段ボールの中のどこに入れたか忘れてしまった書類を探さねばならない。

「……仕方ない。やるか」

ため息をつき、段ボールを開けていたとき、今度は実家の母親から電話が掛かってきた。

秋に生まれる兄の子のために、読み聞かせたい絵本の準備をしていたが、一番欲しい一冊が絶版になっていて困っている、と訴えられた。

「読み聞かせって、生まれたばかりの赤ちゃんに？」

初孫の誕生《たんじょう》を喜ぶ気持ちはわかるが、いくら何でも気が早すぎではないかと苦笑した千明に、母親は『そんなことはないわよ』と言った。

『今は、生まれてすぐどころか、お腹にいる頃から胎教《たいきょう》で読み聞かせする時代なのよ』

「へえ」

『でね、その本なんだけど。作者の人、三十年くらい前にその本を一冊出しただけで、亡くなったみたいで、ネットで色々検索《けんさく》したんだけど、情報がほとんどヒットしないの』

あまり話題にならず、作者の死と共に忘れ去られた、ということなのだろう。

『でも、秋に読み聞かせするのにぴったりの本だから、お母さん、何としても手に入れたいのよ。あんた、大学のとき、絵本のサークルに入ってたでしょ。そのときのコネを使って、探してちょうだい。この際、古本でもいいから』

「それ、外国語の絵本？」

『まさか。日本語よ』

「あのサークルは外国語の絵本を研究するサークルだったから、日本語の絵本に興味を持ってた人はいなかったと思う」

『あら、そうなの』

がっかりしたような声が返ってくる。

『じゃあ、大して売れてない翻訳家としてのコネのほうは、どう？　何とかなったりするもの？』

「……つき合いのある出版社から出てれば、一応、訊《き》いてみるけど。どこから出てる本？」

『えーとね。星港堂よ、星港堂』

「ああ。そこなら、つき合いがあるから、頼んでみるよ」

『あら。あんたも、たまには役に立つのね』

ふふふっと軽やかに笑われ、千明は小さく息をつく。

「で、本のタイトルは？」

『「ぼくのキツネはもみじいろ」よ。キツネはカタカナで、あとはひらがな』

「——え？」

『だから、「ぼくのキツネはもみじいろ」』

「……ぼくのキツネは、もみじいろ……？」

聞こえてきた言葉を繰り返すと、胸の中で不思議な感覚が舞い上がった。

「そうよ。あんたも小さい頃、すごくお気に入りの絵本だったでしょ」

そのタイトルの響きに、自分の中の何が反応しているのを感じる。けれど、それがどんな絵本だったのか、まるで記憶にない。

「……覚えてない」

かもしれないわね、と母親は笑った。

『ふたつ……、みっつのときだったかしら、あれを買ったの。あんたは昔っから赤が好きだったでしょ。消防車とか、戦隊もののレッドとか。だから、その綺麗《きれい》なもみじ色の狐も一日で気に入っちゃって。もう馬鹿みたいに、一日に何度も読んで、読んでってせがんできたり、肌身《はだみ》離さず持ってたりしてたのよ』

「へえ……」

ならば、この胸を重くする感覚は、懐かしさなのだろうか。

『結局、ひと月も経《た》たないうちに、ジュースをべちゃべちゃにこぼして駄目にしちゃったのよねえ。新しいのを買ってあげようと思ったんだけど、見つからなかったの。それで、そっちの叔父《おじ》さんちの庭で、本物のもみじ色の狐を探したりしてたのよ、あんた。そこの庭にならいるかもしれないって』

「……狐を？　モグラじゃなくて？」

「モグラは穴掘り競争の相手。狐は、」

言いかけて、母親はくすくす笑った。

「何？」

「思い出したら、おかしくって。あんた、もみじ色の狐を見つけたら、結婚するんだって張りきってたから」

「……狐と？」

「あんたは、それぐらい大好きだったのよ。あの、もみじ色の狐が。そう言えば、あれがあんたの初恋だったのよねえ」


電話を切ったあと、千明は小宮にメールをした。事情を説明し、『ぼくのキツネはもみじいろ』が手に入らないか頼むと、小宮からはすぐに「探してみます」と返信が来た。

それを確認して、千明は資料探しを再開した。段ボール箱の開閉と上げ下げを繰り返し、結局一番下の箱から目当ての書類が出てきたときには、一時間ほどが経っていた。

出版社に返信メールを送る。一時間かけて段ボールの山を築き直したせいで、何だかひと仕事終えたような気分になる。

椅子の背もたれに身体を預けて、背中を大きく反《そ》らす。逆《さか》さになった視界に、斜《なな》めに曲がった段ボールの山が映《うつ》る。

書類探しに必死になっているあいだは気づかなかったが、ずいぶん適当な積み上げ方をしてしまっていたようだ。

何かの弾《はず》みで崩れると大変だ。積み直しの作業をしていると、小宮から電話が掛かってきた。

『見つかりましたよ、先生。「ぼくのキツネはもみじいろ」』

「え、もう？　早いね。ありがとう」

『いえ。これくらい、何でもありません』

「もしかして、仕事、中断させたんじゃ……」

小宮は猫宮のことを恩に着て、無理をしたのではないだろうか。そう心配した千明に、小宮は『いえ。電話を一本、しただけですので』と笑った。

絶版になった本でも、少部数が倉庫に眠っていることがある。営業部に電話をし、件《くだん》の合コンの主催者の成田に確認したところ、在庫はなかったらしい。

だが、小宮と成田とのそのやり取りを近くのデスクで耳にしていた児童部の編集者が、作者の遺族《いぞく》に連絡を取ってくれたそうだ。

『作者の奥様がまだ見本を大事に取っておかれてて、お譲《ゆず》りくださるとのことで。俺、明日、いただきに伺《うかが》うんですが、そのあと、どうしましょう。ご実家のお母様がご入り用なんですから、ご実家のほうへお送りしたほうがいいですか？』

「そうだね。悪いけど、お願いできる？　送料は、俺の今度の印税から引いといてよ」

了解です、と返ってくる。小宮との電話を終えたスマートフォンで、千明は『ぼくのキツネはもみじいろ』を検索してみた。母親の言った通り、ヒット件数はごくわずかだ。

その中の表紙の画像つきのURLをタップしてみる。地方の図書館の、二十年近く前の「おすすめの絵本」記事だった。

家庭の事情で田舎《いなか》の祖父母の家に預けられた少年が、赤く染まった秋の森で「もみじよりももみじいろのキツネ」と出会い、親友になるファンタジー。

表紙には、とても美しくて凛々しい紅色の狐が描かれている。

「……ぼくのキツネはもみじいろ」

まるで記憶にないけれど、その言葉を舌に載せると何だか胸がざわめいた。「もみじよりももみじいろのキツネ」は、今の千明の目からも好みだと思えた。

初恋は小学三年生のとき、隣の席になったクラスメイトの男の子だと思っていたけれど、違ったようだ。

朱理を「紅葉」と名づけたのも、そのときに「もみじ色の狐」と言ったのも、紅葉に妙な執《しゅう》着《ちゃく》心《しん》を覚えてしまうのも、意識下に埋もれていたこの初恋のせいだったのだろうか。

初恋が絵本の狐だったなんて――恋をしても仕方のないものに初めての恋心を抱《いだ》いていたなんで、いかにも自分らしい。

千明は苦笑を漏らしながら、子供の頃に「もみじいろのキツネ」を探したこの家で、本当にもみじ色の狐に出会ったことを不思議に感じた。

こんな偶然があるものだろうか。

もしかすると、自分と紅葉との出会いには、何か意味があるのかもしれない。

そんなことを考え、だが、千明はすぐに首を振った。

「……なわけ、ないか」

紅葉との出会いに理由を求めるのは、今の心地のいい日常との別れがたさを感じはじめている心が都合のいい解釈を欲しているからだ。

紅葉には宿星神の定めた主がいて、自分は式神泥棒。

それがただひとつの明確な答えで、どんなに探しても、どんなに望んでも、眼前のこの事象にほかの解など存在しない。

するはずがないのだ、と自分に言い聞かせ、千明は少し頭を冷やそうと、額を壁に押し当てた。だが、物思いに耽っていたせいで、千明は積み上げていた段ボールをうっかり壁だと思いこんで、体重を掛けてしまった。

しまった、と気づいた瞬間、天井《てんじょう》近くまで積み上げた段ボールが大きく傾いて、しなる。

「――うわっ」

千明は慌てて、ずれた段ボールを手で支え、押し戻そうとした。

けれど、非力な千明に、本がぎっしり詰まっている段ボールを何箱も同時に動かすことなどできるはずがなかった。

おそらく、ほんの一瞬、わずかな力を抜いただけで、段ボールは崩れてくるだろう。

万が一にも頭に直撃を受ければ、相当まずいことになりそうだが、身体が動かない。しかも、とっさのことで、妙な体勢で手を伸ばしてしまったために、踏ん張りがきかない。山の一番上の段ボールはぐらぐら揺れていて、今にも落ちてきそうだ。

——紅葉！　紅葉、紅葉、紅葉！

どうしたらいいか、わからず、心の中で紅葉の名を叫んだ次の瞬間、全身に掛かっていた重みがふっと消えた。

「……え？」

驚いてまたたいた千明の上空に紅葉が現れ、腕を一振りした。すると、段ボールは一瞬で部屋の隅へ移動し、整然と並んだ。

「大丈夫か、翻訳業界一の超絶クール・ビューティ」

そんな名前じゃない、と訂正するのも忘れて、千明は呆《ほう》けた顔で頷く。

「ああ……」

「とろくさい奴だな、翻訳業界一の超絶クール・ビューティ。段ボール詰めの本の下敷きで死んだりしたら、いい笑いものだぞ」

「ああ……」

紅葉に腕を引かれ、立ち上がる。

その力強さに、心臓が痛いほど跳ねる。耳の奥で、鼓動《こどう》がうるさく響き渡る。

「……どう、して?」

「何が?」

「どうして、助けてくれたんだ?」

「呼んだだろ、俺を。あんなにでかい声でうるさく何度も連呼されちゃ、無視もできないからな」

確かに呼んだ。けれど、それは心の中でのことだ。

なのに、どうして、紅葉に聞こえたのだろう。もしかすると、必死になるあまり、無意識のうちに、声に出してしまっていたのだろうか。

混乱する千明の視界の片隅で、紅葉の尻尾がちらちら揺れる。

子供だった自分が探していた、もみじ色の狐の尾が。

「……ぼくの、キツネは、もみじいろ……」

無意識にそんな言葉をこぼした千明を見やり、紅葉が眉間《みけん》に皺を寄せた。

「誰が、お前の狐だ」

投げられた不快げな声が——自分は決してお前のものではないと告げる拒絶が、鼓膜をざりりとえぐって傷つける。

「翻訳業界一の超絶クール・ビューティだからって、変な勘違いはするなよ。お前に怪我でもされたら、契約の解除が遅れる。お前を助けたのはお前のためじゃないし、俺は、主以外、眼中にないからな。猫宮と一緒にお前に飼われる気なんて、さらさらないぞ」

「……わかって、る」

「なら、いい」

——一日も早く契約を解いて、きれいな身体で主《あるじ》に召還《しょうかん》されるため。

だから、紅葉は自分を助けてくれた。それでも、助けられたことに変わりはないのだから、礼を言うべきだと思ったけれど、言えなかった。

耳の奥で響く鼓動があまりにうるさく、その意味を考えて、千明は項垂《うなだ》れた。

「晩メシの時間には、遅れるなよ」

紅葉が部屋を出て行き、障子戸が閉まる。

下半身から力が抜け、千明は畳《たたみ》の上に蹲《うずくま》った。

絵本の狐に恋をしたことは覚えていない。だけど、自分は今、もみじ色の狐に恋をしている。それはわかる。——はっきりとわかってしまった。

他人の式神なのに、紅葉を手放すことを惜しいと思ってしまったのは、被毛《ひもう》の色が好みだからじゃない。話し相手がいなくなると、寂しくなるからでもない。キッチンの荷物をどこに片づけたのか、把握《はあく》するのが面倒臭《くさ》いからでもない。

自分は紅葉に恋をしている。だから、離れたくないのだ。

しかも、この恋は今までの恋とは違う。

これまでは、好きになった相手に恋人や家族がもういて、それを知ると、潮が引いていくように気持ちは冷めた。

けれど、紅葉のことは、心を捧《ささ》げている主がいると最初から知っていながら、恋をしてしまった。主以外、眼中にないと断言されても、気持ちはまるで冷めない。

駄目だとわかっているのに、惹かれる気持ちがどうしてもとまらない。諦められない。

やはり、自分は、好きになってはならない相手ばかり好きになる。

千明はたまらなく辛《つら》くなった。

どうして、自分はいつもこんな恋しかできないのだろう。

どうして、いつまでも自分だけがひとりぼっちなのだろう。


呆然《ぼうぜん》と膝を抱《かか》えているうちに、気がつくと部屋の中が窓から流れこんでくる夕陽で赤く染まっていた。

もうすぐ、夕食の時間だ。紅葉《こうよう》に「遅れるな」と言われていたので、千明《ちあき》はのろのろと立ち上がり、部屋を出た。リビングに入ると、部屋いっぱいにいい匂いが漂《ただよ》っていた。キッチンのほうから、紅葉と猫宮《ねこみや》の気配がする。

「あ、千明！　ねえ、きれい、きれいして！」

猫宮がすたたたたたっと駆けてくる。

「ああ、いいぞ」

千明は猫宮を抱き上げ、頬ずりをする。

「千明、くすぐったーい」

きゃっきゃと笑う猫宮が、どうしようもなく愛おしい。猫宮に触れ、その声を聞いていると、心の軋《きし》みが少し楽になる。

「お前は世界一可愛《かわい》い猫だぞ、猫宮」

「うん！　ぼくは世界一可愛い猫の猫宮！」

「そうだ。賢いぞ、猫宮。お前は、世界一可愛くて、賢い猫だ」

「ぼくは世界一可愛くて、賢い猫の猫宮！」

千明の腕の中で両方の前肢《まえあし》をぱっと広げ、猫宮は高らかに叫ぶ。

「ぼくは、東京都杉並区《すぎなみ》阿佐ケ谷南《あさがやみなみ》四丁目、千明んちの可愛い猫！」

「すごいな、猫宮。いつの間に住所を覚えたんだ？　本当に何て――」

賢いんだ、と褒《ほ》めようとした言葉が、喉をすべり落ちる。

「……猫宮？」

「なあに、千明」

小さな尻尾をくるくる揺らして、猫宮が返事をする。千明にもわかる、人間の言葉で。

「……お前、喋《しゃべ》って……る、のか？」

「今頃、やっとかよ、翻訳業界《ほんやくぎょうかい》一の超絶クール・ビューティ。本当にとろくさい奴《やつ》だな」

呆《あき》れた声で言いながら、紅葉が深皿をテーブルに並べる。

アスパラやしいたけ、鶏肉《とりにく》が入った透き通ったスープだ。ほかにも、エビと卵のチャーハンや、キャベツと生ハムのマリネサラダなどがあった。

ふたりぶんではなく、三人ぶん。

「……猫宮に何かしたのか？」

「俺がしたわけじゃない。こいつ、昼に俺の血を舐《な》めただろ？　あれだ」

千明は知らなかったが、妖魔は体液を介《かい》して力を分かつことができるらしい。

けれど、それは力を与える者と受け取る者とのあいだで明確な意思を持っておこなわれた場合に限る。その意図がない紅葉の血を少し舐めたくらいでは、普通は力が移ったりはしないという。

「じゃあ、どうして……」

「たぶん、この家のせいだろうな」

言って、紅葉は肩をすくめる。

「子供は、何かにつけ、外部の影響を受けやすい。この家にまだしつこく残ってる、お前の叔《お》父《じ》だか、大叔父だかの呪力の残滓《ざんし》を毎日吸いこむうちに、身体が少しずつ変化していってたんだろう」

そして、紅葉の血を舐めたことがトリガーとなって妖猫化した――ということのようだ。

普通の猫ではなくなったので、猫宮は人間と同じものを口にできるらしい。料理が三人ぶん並んでいるのは、そのためのようだ。

「あのね、千明。ぼく、紅葉にひこーじゅつを習ったんだよ」

「ひこう……？　ああ、飛行術か？」

「うん。ぼく、空を飛べるんだよ！」

嬉しそうに告げて、猫宮は床に飛び降りると、夕暮れ時の庭の庭へ駆け出た。

「見てて、千明！」

青い星形の花がふわりと浮き上がったかと思うと、ぽんっと音がして大きくなり、そこへ猫宮が飛び乗る。そして、花は猫宮を乗せて、高く舞い上がった。

「ほらね！　ぼく、飛んでるよ、千明！　すごい？」

「ああ。すごいぞ、猫宮。すごい」

千明が拍手を送ると、花に乗った猫宮は「はな、はな、ぶーん！」と得意げにはしゃぎながら、庭とリビングの往復を始めた。

「あいつがああなるとは想定外だったが、ま、結果的によかったじゃないか。俺がいなくなったあとの、侘《わび》しい独《ひと》り暮らしに話し相手ができたんだから」

言いながら、紅葉がテーブルの席に着く。

「普通の猫から妖猫になったから、身体はあれ以上成長しないが、寿命《じゅみょう》はお前より長くなった。お前はずっと、この家で猫宮と一緒に暮らせる」

「……ああ」

落とした声は掠《かす》れていて、ほとんど吐息《といき》のようだった。

「何だ、少しも嬉しそうじゃないな、その顔」

「そう見えるか?」

「言っておくが、猫宮のことなら、心配ないぞ? 身体は子猫のままでも、生きた年月の長さに比例して、妖力も大きくなる。お前が寿命を迎える何十年後かには、あいつは立派な化け猫になってる。お前がいなくなっても、造作もなく生きていけるさ」

「そう、か……」

無理やり押し出した声が、みっともないほど震える。

「過保護な奴だな、お前」

紅葉が鼻を鳴らす。千明の言動を、紅葉は心配性によるものだと思ったらしい。

「何なら、猫一匹くらい、俺が面倒を見てやってもいいぞ」

「じゃあ、頼む」

「わかった。約束する」

安心した顔を装って、千明も椅子に座る。

「はな、はな、ぶーん！」

庭から部屋へ入ってきた猫宮が、紅葉と千明の座るダイニングテーブルの周りをぐるりと旋回して、また庭へ出て行く。

「これで、気は晴れたか、翻訳業界一の超絶クール・ビューティ」

ああ、と笑おうとしたが、笑えなかった。

猫宮と話ができるようになったことは、嬉しい。本当に嬉しい。

いつか、この家で暮らす者がひとり減ったとき、猫宮の愛らしさは大きな癒《い》やしになるだろう。けれど、心に空《あ》いた穴は、塞《ふさ》がりきらない。

紅葉にも、ずっとそばにいてほしい。自分を主《あるじ》だと思っていたときのあの甘い声で、名前を呼んでほしい。笑ってほしい。愛してほしい。

――だけど、好きだからこそ、紅葉の心を手に入れることは決して望めない。

もし、本気であがいて、あがいて、紅葉を無理やり振り向かせることができたとしても、その先で待っているのは、初めて恋が成就《じょうじゅ》した幸せなどではない。地獄《じごく》だ。紅葉に宿星神《しゅくせいしん》の定めた主を裏切らせれば、紅葉は幽鬼となってしまうのだから。

好きだから、愛してほしい。でも、好きだから、愛されたくない。

自分に許されるのはせいぜい、南青山にあるという骨董品店《こっとうひんてん》を探し出してその周りをこっそりうろつき、秦森周《はたもりしゅう》をのぞき見して密《ひそ》かに喜ぶことくらいだ。

だけど、それでは辛《つら》い。好きだから、愛してほしいと思ってしまう——。

そんな堂々巡《めぐ》りの想いが胸に詰まって、苦しくてたまらなくなった。

いつもなら、好きになってはならない相手だとわかった時点で、もう恋しさは感じなくなるのに、意地悪で優しい紅色の妖狐への想いは募《つの》るばかりだ。

「おい。どうしたんだ、お前」

紅葉がひどく怪訝《けげん》そうな目で千明を見る。

「何で、泣いてるんだ？」

問われ、苦しさに耐えかねて涙をこぼしていたことに気づく。

「——あ」

みっともなさに気づいて、狼狽《うろた》えると、目のふちからまたぽろぽろと涙がこぼれ出た。

「どうしたの、千明！」

庭から戻ってきた猫宮が、文字通り飛んでくる。

「お腹空《す》いたの？　バッタに虐《いじ》められたの？」

花に乗ってふわふわと空に浮かぶ猫宮が、伝い落ちる涙を堰《せ》きとめようとしているのか、千明の頬に前肢をぴたぴたと当てる。

「そうじゃ……ないんだよ、猫宮」

千明は猫宮を胸に抱く。操縦士を失った青い花が、テーブルの上にぽたりと落ちる。

「じゃあ、どうして泣いてるの？」

「嬉しいからだよ。お前がこんなに上手《じょうず》に飛べるようになって……」

それから、と千明は洟《はな》を啜《すす》る。

「お前と、これからもずっと一緒にいられることが、嬉しいんだよ」

泣いている理由は嘘だけれど、一生、猫宮と共に暮らせることが嬉しいのは本当だ。だから、千明は嘘を隠すように「嬉しいんだよ」と繰り返した。

「ぼくも嬉しいよ、千明！　ぼく、千明が大好きだもん！」

「俺も、お前が大好きだ、猫宮」

「ぼくも大好き！」

「俺も大好きだ」

紅葉にも好きだと言えたらいいのに。そう思いながら、愛おしい猫宮を抱きしめて好きだよと言い合う千明を、紅葉が眇《すが》め見《み》て、眉《まゆ》を寄せた。

「気持ち悪いぞ、お前ら」

「気持ち悪くないもん。ぼくは、世界一可愛い猫だもん」

そうか、と紅葉は優しく苦笑した。

もし、千明が「翻訳業界一の超絶クール・ビューティ」を自称したら、皮肉と嫌味をつけて鼻で笑い飛ばすだろうが、紅葉は猫宮にはとことん甘い。

「泣くほど可愛がられてよかったな。世界一可愛い猫の猫宮」

「うん！」

猫宮がぱっと笑顔になった瞬間だった。何もない空から色とりどりの花が大量に降ってきて、食卓を埋めた。

「……花咲か爺《じい》さんならぬ、花降らし猫だな、お前は」

紅葉がため息をつき、花に埋まった夕食の発掘を始めた。


猫宮は初めて口にする人間用の料理がとても気に入ったようだ。何を食べても「美味《おい》しい！」と大喜びで、そのつど、たくさんの花が舞い散り、食卓を埋めた。

そんな、ずいぶんと賑《にぎ》やかだった食事のあいだ、紅葉は千明に何も訊《き》かなかった。

たぶん、泣いた理由はごまかせたのだろう。だけど、こんな気持ちを抱《かか》えていては、きっとまた同じ失敗をしてしまう。

紅葉との別れは辛い。けれど、気持ちを知らせて、拒絶をされるのはもっと辛いだろう。

考えてみれば、これまではいつも勝手にひとりで恋をして、勝手にひとりで失恋していた。抱《いだ》く恋心を知られて、明確に拒《こば》まれた経験が自分にはないのだから、もし紅葉にそうされたら、心が壊れてしまうかもしれない。

だから、早く――一日でも早く、契約を解除する方法を見つけないと。

そんな焦《あせ》りを抱え、千明は食事をすませるとすぐに仕事部屋にこもり、教書の解読作業に没頭した。けれど、成果はなかった。丑三《うしみ》つ時を過ぎた頃には、頭が重くなり、働かなくなった。これ以上ねばっても効率が悪くなるだけなので、今晩はここまでで終えることにした。

シャワーを浴びて、少し寝て、また朝から始めよう。

そう思いながら仕事部屋を出て、風呂場へ向かった。

浴槽《よくそう》には残り湯があったけれど、捨てた。紅葉が浸《つ》かった湯に自分も入れば、何かよからぬことをしてしまいそうな気がしたのだ。

好きになった相手との性的な妄想《もうそう》なら、恋をするたびに何度もした。だが、残り湯でどうこうしようなどとおかしな考えを抱いたことは一度もない。

こんなふうに愚《おろ》かな迷妄に取《と》り憑《つ》かれてしまうのが恋なのだろうか。

もしそうなら、紅葉に言われた通り、自分は今まで本当の恋をしたことがなかったのだ。

しばらくぼんやりと考えて、千明はやがて気づいた。

これまで恋だと思っていた感情は、やはりただの憧れだったのだ、と。

恋しい、愛おしいと思っていたつもりの相手を、恋人やパートナーがいると知ったとたん、大して悲しいとも辛いとも感じずにあっさりと諦められたのは、その気持ちが恋ではなかったからだ。

自分はきっと、その人物の「恋をしている姿」に魅力を感じて、惹かれただけなのだろう。誰かを愛し、そして愛されている者は、その幸福感によって輝いているから。

そんな恋のいろはを、年下の狐に教わるなんて。

しかも、それが、三十二歳にして初めて落ちた本当の恋の相手――。

泣いて悲しめばいいのか、もういっそ笑えばいいのか、わからない不運な巡《めぐ》り合《あ》わせだ。

シャワーを浴びながら長い溜め息をつき、千明はとぼとぼと脱衣所へ出た。

身体を拭《ふ》いたタオルを肩に掛け、下着を履《は》こうとして、「あ」と声が漏れた。

着替えを持ってくるのを忘れた。

気づいたとたん、くしゃみが出た。

寝室は隣だし、今、この家の中で起きているのは自分だけだ。夏なら気にせず、裸のまま髪を乾かして、部屋に戻っただろうが、今晩はそうするには寒すぎる。

千明は脱衣所の戸を少し開け、誰もいないことを確認して、廊下に出た。

小走りに数歩進み、寝室の障子戸を開ける。明かりをつけようと手探りで足を踏み出した直後、何かに躓いた。

「うわっ」

身体が傾《かし》ぎ、千明は勢いよく尻餅《しりもち》をついた。

気のせいでなければ、誰かの顔の上に。

べちっと肌《はだ》と肌が激しくぶつかる音がしたから。ペニスの先が髪の毛に触れているのを感じるから。会陰《えいん》に誰かの鼻梁《びりょう》が刺さり、深くえぐられているのを感じるから。両脚を変なふうに突っ張っているせいで、肉襞《にくひだ》が開いてしまっている後孔《こうこう》に、唇のやわらかな弾《はず》みを感じるから。

「……っ」

誰の顔だ、と心の中でおののいたが、答えはひとつしかない。

自分は今、紅葉の顔に秘所を押し当てているのだ。

きっと、廊下のせいだ。あの性格のゆがんだ廊下のせいで、自分の寝室に入ったつもりが、紅葉の部屋に入ってしまったに違いない。

紅葉は身じろぎもせず無反応だが、あれだけの勢いをつけて尻で顔に座ってしまったのだから、目を覚ましていないはずがない。

――どうしよう。どうしよう。どうしよう。

混乱と羞恥《しゅうち》が混ざり合って爆発し、ひどい目眩《めまい》に襲われる。その弾みで下肢《かし》から力が抜け、密着度合が増して後孔の表面の襞で紅葉の唇をはっきりと感じた。

「うっ」

襞に他人の唇が触れている未知の感覚は変に甘美で、腰が大きくくねった。

その動きに連動して、窄まりの表面が紅葉の唇をぐにぐにとこすってしまったときだった。

突然、部屋の明かりがついた。

視界に光が満ちて、自分の姿が明らかになる。想像した通り、千明は紅葉の顔の上に座っていた。しかも、その美しい額にペニスと陰嚢を載せて。

「はしたないにもほどがある誘い方だな」

額にふにゃりと載ったペニスのちょうど左右にある目が、自分を見上げている。

絡んだ視線も、さきほどの声も、この夜這《よば》いまがいの行為に対して、怒りを通りしてただ呆れているのか、淡々とした声だった。

「――ち、違う、んだっ」

言い訳をするよりも先に、どかなければ。とにかく、紅葉から身体を離さなければ。

そう思ったが、紅葉が声を発したことで後孔の襞を舐められ、内部に吐息を吹きこまれたような錯覚《さっかく》を覚え、脚《あし》に力が入らなくなっていた。

「……うっ」

どうにか移動しようとしたものの、失敗した。ほんの少し上部へ移動しただけで、腰が落ちた。そして、その瞬間、感電したような痺れが背を駆け抜けた。

「ああっ」

――刺さってる。紅葉の鼻の先が、後孔に刺さっている。

そう認識すると同時に、肌が発火したように熱くなり、たまらない感覚が湧き起こった。

肉環の内側の、ごく浅い部分を刺激する異物感。

それは紅葉だ。紅葉が、今、自分の中にいると思えば、これはどちらの意思も伴《ともな》わない単なる事故だとわかっていても、快感を得ずにはいられなかった。

「あ、は……」

肉環《にくわ》を貫かれ、隘路《あいろ》をぐにゅうっとこじ開けられ、自分の中に紅葉の一部が埋まっていることが、目眩がするほど気持ちがよかった。

この状況が恥ずかしくて、みっともなくて、申し訳ないと思うものの、その気持ちがさらにゆがんだ快感をもたらし、ペニスに芯《しん》が灯《とも》ってしまった。

「――っ」

自分の、そして紅葉の目の前で、千明のペニスはびくびくと痙攣《けいれん》しながら頭を擡《もた》げて、反《そ》り返《かえ》っていった。

そのさまを見やる紅葉の双眸《そうぼう》が、呆れたように細くなる。

「おい、翻訳業界一の超絶クール・ビューティ。お前、俺を窒息《ちっそく》させる気か？」

「違うっ。違うんだっ」

羞恥と混乱が頭の中で混ざり合って爆発し、千明はもう訳がわからなくなった。咄嗟《とっさ》に叫んで、立ち上がろうとしたが、焦《あせ》る気持ちに反して、身体は思い通りに動いてくれない。

腰は、浮いては下がり、浮いては下がりするばかりだ。

腰が落ちるつど、紅葉の形よく尖った鼻先で肉環がずぼずぼと刺されることになってしまい、足先から力が抜けてゆく。

「あっ、あっ……」

駄目だと思うのに、快感を覚えた。

紅葉の鼻先が出入りする刺激をペニスが吸収し、さらに凝《こご》って張りつめていった。

裏筋がびくびく脈打っているのがわかる。亀頭《きとう》の先端で、秘唇《ひしん》がわななき、濡れているのが見える。

「ひっ、あ、ぁ……」

もうどうしたらいいかわからず、涙が出そうになる。

「おい、千明。いい加減に——」

紅葉が何かを言っているようだが、よく聞こえなかった。

こんなときに、だけどようやく名前を呼んでもらえたことに悦《よろこ》んだ心と体に、強烈な歓喜の電流が走ったから。

「——っ」

ペニスがびくびくとしなり、淫液《いんえき》を垂《た》らしている。

脳裏で、理性が、まずい、と警告を発した。

這《は》ってでも、紅葉から離れないと。懸命に四肢《しし》に力を入れようとしたのに、身体は持ち主の命令をなかなか聞いてはくれない。

しばらく格闘を続け、どうにか腰を上げた。だが、紅葉の鼻先が肉環の内側を引っ掻いて抜け出る感触に内腿がわななき、次の瞬間にはまた座す姿勢に戻っていた。しかも、今度は眉根を寄せてこちらを睨む紅葉の口の中にペニスを突っこんでしまっていた。

「ひうっ」

紅葉の唇が動く。それは、千明のペニスを吐き出そうとしてのことだったのだろう。

けれども、亀頭のくびれに舌がぬるりと触れた瞬間、千明は極まった。

脳髄を突き刺すような快感を自分の意思ではどうにも制御できず、千明は紅葉の口の中に精液を撒《ま》いてしまった。

「あ、あ、あ……」

吐精をし終え、千明はやっと腰を持ち上げることができた。

だらりと空にぶら下がったペニスから、精液の残滓《ざんし》が細く糸を引いている。

それは、怒気を静かに発して、眼光を煌めかせている紅葉の唇に垂れ落ちていた。

「――わざとじゃ、ないんだっ」

千明には、裏返る声でみっともなく叫び、這々《ほうほう》の体《てい》でその場を逃げ出すことしかできなかった。


瞼《まぶた》を刺す光を感じて、千明は目を開けた。

まだカーテンをつけていない窓から朝陽が差しこむ部屋の中で、千明は身体を丸めて転がっていた。しかも、全裸で。

千明はぶるりと震えた。

寒い。どうして、こんな格好で寝ていたのだろうとぼんやりと考え、思い出す。

昨夜、紅葉の部屋から逃げ帰ったあと、羞恥《しゅうち》のあまり頭を抱えて蹲り、畳の上を転げ回って絶望し、そのまま眠ってしまったことを。

あのときは、寒さなど感じている余裕はなかった。恥ずかしさと後悔と、性格のゆがんだ廊下への怒りにまみれ、ただ転がり回ることに忙しかったから。

思い出すと、また腹が立ってきた。むかむかして、肌が火照《ほて》ってきた。

――廊下め、燃やしてやる。

実際にやれば自分が困るので、できやしないけれど、呪いのひとつでも吐いておかないと、どうにも気がすまない。

自分と紅葉との関係には、何の希望も未来もない。あるのはただ別れだけだ。

それでも、新たな問題を起こさず、解約方法を見つけ、それなりに円満に別れられれば、青年実業家・秦森周の姿をこっそりのぞきに行くことくらいは許されたはずだ。

なのに、あんなことをしてしまっては、もう紅葉に会わせる顔がない。

たったひとりの主に捧《ささ》げた心を踏みにじることをした自分を、紅葉は軽蔑《けいべつ》しているだろう。もし誓約書《せいやくしょ》がなければ、斬り殺したいと思うほど憎《にく》んでいるかもしれない。

今日からはもう食事も作ってくれないだろう紅葉と、契約の解除方法を見つけるまでのあいだ、どんな顔をして接すればいいのか、まるで見当がつかず、涙が出そうになる。

「……廊下、」

燃やしてやる、と続けたつもりの声は、ひどく掠れて声になっていなかった。

「あ……」

喉が痛い。そのことを自覚したとたん、目眩《めまい》と頭痛と寒気に襲われた。

むかむかして身体が火照っていたのは、廊下に腹を立てていたからではなく、風邪《かぜ》のせいだったようだ。裸のまま、髪も乾かさずに畳の上で寝ていたのだから、風邪を引くのも当然だ。

千明はのろのろと這い上がる。

頭も喉もずきずき痛むし、食欲もまるでない。こんな状態では、教書の解読は難しい。無理をして風邪を悪化させては元も子もないので、今日は休むことにした。

Tシャツに袖を通すのが面倒臭くて、千明は下着を履くと、そのままジャージを着て布団を敷き、中にもぐりこむ。病人だという自覚がそうさせているのか、布団に横たわると症状がどっと悪化したように感じた。

呼吸をするたび、息苦しさと熱が上がっていく気がした。

熱い。苦しい。痛い。

辛くてたまらず、千明は気がつくと心の中で紅葉を呼んでいた。

――紅葉。紅葉。

――助けてくれ、紅葉。

――苦しいんだ、紅葉。

――水が飲みたい、紅葉。

声に出して、そう訴《うった》えれば、昨日までなら応《こた》えてくれたかもしれない。

けれど、紅葉はもう決して、自分を助けになど来てくれない。

わかっているからこそ、千明は紅葉の名を念じ続けた。今の自分には、心の中でひっそり紅葉の名を呼ぶことしかできないから。

――紅葉。紅葉。紅葉。

愛おしい妖狐の名を心の中で繰り返していたとき、部屋の障子戸が開いた。

「何度もうるさい」

部屋に入ってきた紅葉は、手に救急箱とマグカップを持っていた。

「身体、起こせるか?」

千明は驚きながら浅く頷いて、布団の上に身を起こす。

「ほら、飲め」

渡されたマグカップの水を飲むと、喉が少し潤《うるお》った。

「……ありがとう」

ぼそぼそと礼を言う。

ああ、と頷いた紅葉が、救急箱の中から取り出した赤外線体温計を千明の額に当てた。

「三十八度……。食欲はあるか?」

「……ない」

答えると、額に冷却シートが貼《は》られ、肩を押された。

「なら、寝てろよ。二、三時間おきに、水分補給できるもの持って、様子を見に来てやるから」

「……どう、して?」

千明は布団に横たわり、紅葉を見上げた。

「放置されたほうがいいのか?」

「そうじゃなくて……。今、どうして、来てくれたんだ?」

「お前がしつこく俺を呼んだからだろ」

「……声に出しては、呼んでない」

仕事部屋で段ボールの山に押しつぶされそうになったときには、もしかしたら声に出したのかもしれない。だけど、今は違う。熱があっても、記憶ははっきりしている。

紅葉を呼んだのは、心の中だけで、だった。

「それでも、聞こえた」

紅葉は一瞬の間を置いて、「お前の声は、聞こえる」と言った。

「どうして……」

「この家が色々とおかしいせいだろう」

そう呟き、紅葉は何かを思案するように視線を揺らした。

「イザナミが黄泉《よみ》の国の食べ物を食べて、黄泉の国の住人になる神話、あるだろう?」

脈絡のない問いかけを訝《いぶか》りながら、千明は「ああ」と頷く。

「あの話みたいに、俺もお前のを飲んで、お前の心の中の住人にされたのかもな」

やわらかな声音で紡《つむ》がれた言葉の意味することが、千明にはよくわからなかった。

お前の、は「精液」だろう。だけど、それを飲んで自分の心の住人になった、とはどういう意味だろうか。

それに——。紅葉の声はどうして、こんなにも穏やかなのだろう。

昨夜のことを怒ってないのだろうか。

訊きたかった。訊いて、確かめたかった。けれども、その勇気が千明にはなかった。

「とりあえず、今はごちゃごちゃ考えずに、寝ろ」

紅葉の掌が千明の眼前を覆う。瞼をそっと撫で下ろされ、千明はそのまま目を閉じた。

「頭を使う話は、風邪が治ってからでいい」

「……悪い」

教書の解読が遅れてすまない。あんなことをして、すまない。それらの謝罪を「悪い」の一言に詰めて、千明は掠れ声で詫《わ》びた。

頰に触れる紅葉の手が気持ちいい。自分のものには決してならない手だけれど、もう少しのあいだ触れていてほしい。

そう思いながら、千明は意識を手放した。


目を覚ますと、枕元に経口補水液のペットボトルが置かれていた。

一本すべてを飲み干して、時計を見やるとちょうど十五時だった。

まだ頭はぼんやりするけれど、頭痛はかなり治まっていた。もっと水が飲みたくて、千明はのろのろと起き上がり、寝室を出た。

キッチンへ行ってみると、紅葉も猫宮もいなかった。庭に出ているのだろうか。ぼんやりそう思いながらシンクで水を汲んでいると、やはり庭のほうから猫宮たちの気配がした。

「えいっ、えいっ、えーいっ」

何やら張りきっているらしい猫宮の愛らしい声に誘われ、千明は窓をのぞく。

「おっきいはな～！　小さいはな～！　もみじ色のはな～！」

紅葉の肩に乗る猫宮の掛け声と共に、その通りの形状の花が空に現れて舞う。

「できたよ、紅葉。ぼく、上手？」

「ああ、上出来だ。今度は、花でトンネルを作ってみろ」

「うん。はな、はな～、トンネル～！」

色とりどりの花びらがいっせいに現れ出た。そして、長いアーチを作る――かと思いきや、空飛ぶ花の絨毯《じゅうたん》になってぷかぷかと浮いた。

「あれぇ」

「こうするんだ、猫宮」

空を漂う花の絨毯に向かって、紅葉が手を一振りする。すると、花の絨毯はトンネルへとその姿を変えた。どうやら、紅葉は猫宮に力の使い方を教えているようだ。

「すごーい！」

目の前の光景に興奮したらしい猫宮が、紅葉の頭の上にぴょんと飛び乗る。

「紅葉、上手、上手！」

紅葉の三角耳のあいだで、猫宮はぱちぱちと前肢を叩いた。

「まあ、お前よりはな」

小さな子猫に褒《ほ》められた紅葉が苦笑する。

「お前も早く覚えて、もっと色んなことができるようになれよ」

「うん。ぼく、頑張る！」

「ああ。頑張って覚えて、立派な宴会芸猫になって、千明を慰めてやれ」

――千明。

やわらかい声に自分の名前を紡《つむ》がれ、心臓が大きく跳ねた。けれど、肌が火照る前にその興奮は凍《こお》りついた。

「俺がこの家からいなくなったら、あいつは、たぶん……泣くだろうからな」

「紅葉がいなくなったら、千明は泣いちゃうの？」

「ああ、そうだ」

「じゃあ、紅葉がずっとおうちにいれば、千明は泣かないよ、きっと！」

「そうだろうな。だが、俺はもうすぐいなくなる」

「どうして？」

猫宮が三角耳のあいだから前へ垂れ下がり、紅葉の顔をしげしげとのぞきこむ。

「そういう運命《さだめ》だからだ」

誰にもどうしようもないことだ、と紅葉は小さく息をついた。

「どこ行っちゃうの？」

「遠いところだ」

「いつ帰ってくるの？」

「もう帰ってこられない。だから、俺がいなくなったら、お前が千明を守ってやれ。いいな。それがお前の役目だぞ、猫宮」

「うん、わかった」

質問をやめた猫宮がこっくり頷き、紅葉が淡く笑って花のトンネルをほどく。

庭に色彩豊かな花の雨が降り、その中で美しい紅色の尾が揺れている。

「もし、千明が寂しいと言って泣きやまないときは、花をたくさん出して、花の森を作って、歌を歌ってやれ」

「どんな歌？」

「こんな歌だ」


——星が降る花の森をわたしは飛んでいく。

——どこまでも飛んでいくわ。あなたを見つけるまでずっと。

——だから、お願い、あなた。見つけられたら、抱きしめてキスをして。

紅葉が、『星降る花の森』を歌う。すると、猫宮も紅葉の真似をして歌った。

花の降る庭で妖狐と子猫が声を合わせて歌う歌から逃げるように、千明は寝室へ戻った。布団にもぐりこんだとたん、涙があふれてきた。

何かの譬《たと》え話だと思っていたけれど、昨夜、あんなことをしたせいで、千明の心の中の声は本当に紅葉に伝わってしまったらしい。だから、紅葉への恋心と一緒に、抱えていた孤独感も知られてしまい、きっと憐れまれたのだろう。

その優しさが、嬉しくて、たまらなく悲しくて、涙がとまらなくなった。

今まで、したつもりになっていた恋は、好きだと思っているあいだは、胸がただふわふわとした気持ちで満たされていた。

けれど、本当の恋はとても辛い。苦しい。胸が内側から灼《や》け爛《ただ》れていくようだ。

こんな息がとまりそうな想いを抱えてしまい、どうすればいいのだろう、と千明は途方に暮れた。

額がひやりとして、千明は瞼を震わせた。

「起きたか？」

目の前に美しい妖狐の顔があった。冷却シートを替えてくれたようだ。

「紅葉……」

天井から降ってくる照明の光が眩《まぶ》しくて、細めた目を逸《そ》らす。窓の外が真っ暗だ。千明は時計へ視線をやる。二十二時を少し過ぎている。

「気分はどうだ？」

問われて、少し怠《だる》いものの、もう頭痛も寒気もしないことに気づく。

「……いい」

千明は上半身を起こして答える。

「食欲は？」

「……まだ、あんまりない」

「なら、これ、飲めよ」

枕元に置かれていたマグカップを「蜂蜜《はちみつ》入りのジンジャーティーだ」と渡される。

「ありがとう」

飲むと、身体がすぐに温まり、首筋がじわりと汗ばんだ。

「……シャワー、浴びたい」

今日一日、ずいぶん汗をかいたので、身体がべたべたする。布団から出ようとしたが、紅葉に押しとどめられた。

「大事を取って、明日にしとけよ」

「だけど、汗かいて、気持ち悪いから……」

「俺が拭《ふ》いてやる」

紅葉が告げた直後、湯を張ったタライとタオルが突然涌《わ》いて出た。

千明は、自分のために術を使っていいのか、とは訊かなかった。段ボールの山の下敷きになりかけたときと、答えは同じだろうから。紅葉は千明のために術を使ったのではない。教書の解読が進むように、その環境を整えているだけ。

つまりは、一日でも早く契約を解くためだ。

――たぶん、自分への優しさと憐れみも少しは混じっているだろうけれど。

「脱げよ」

湯に浸《ひた》したタオルを絞《しぼ》りながら、紅葉が言う。

「いい」

千明は首を振る。

「俺はもう大丈夫だ、紅葉。そんな、至れり尽くせりの世話をしてもらわなくても、解読は明日からちゃんと再開する」

笑おうとしたのに強張《こわば》った頬を、軽く摘《つ》ままれる。

「まだ熱に浮かされてるのか？　今、話してたのはお前のことで、教書のことじゃない」

紅葉は、千明をまっすぐに見つめて言った。

最初は腹の立つ二重人格狐だと想っていたけれど、今ははっきりとわかる。

紅葉はとても情が厚い。たぶん、窮鳥《きゅうちょう》懐に入れば猟師も殺さず、で、今は主に捧げた身と心を踏みにじった自分への怒りよりも、憐れみのほうが強くなっているのだろう。

紅葉は優しい。でも——残酷《ざんこく》だ。

「……お前は、酷《ひど》い狐だ、紅葉。もう俺の気持ちを知ってるくせに、どうしてこんなことを……するんだ」

千明は声を震わせた。

「酷いのはお前のほうだ、千明」

紅葉の手が、ジャージの上着のファスナーを強引に下ろす。

「あっ」

あらわになった汗ばんだ肌を見やり、紅葉が片眉を上げた。

「素肌にジャージ……。翻訳業界一の超絶クール・ビューティは、露出狂《ろしゅつきょう》か?」

「——違うっ。怠くて、Tシャツを着る気力がなかっただけだ。俺の心が丸見えなら、それぐらい、わかるだろ」

「そんなことは、わからない」

「……だけど、今朝、言ったじゃないか。俺の……を、飲んだから、俺の心の住人になった、とか何とか、訳のわからないこと……」

「あれは、そういう感じだっていう譬《たと》えだ」

言いながら、紅葉が千明のすぐ背後で胡座《あぐら》をかき、うなじを拭いた。それから、背中を。

「じゃあ……、どうして、俺の心の声が……、お前に届いたんだ？」

「クサい言い方をすれば、愛の力だろ」

「……え？」

「俺は、お前のことばかり考えてる。美味いものを食わせて、喜ばせたい。笑わせたい。幸せにしたい。孤独に怯えてるお前を守りたい。いつも、そう思ってる。だから、お前が俺を呼ぶ声は聞こえる。どこにいても」

紅葉の手が、背中から前へと移動する。

鎖骨《さこつ》をなぞったタオルが、胸へ下りてくる。濡れた布越しに紅葉の大きな掌を感じて、肌がざわめいた。

「……何、言って……る、んだ？」

自分は今、幻聴を聞いているのだろうかと、千明は耳を疑った。

「お前が愛してるのは……主だろ？　お前の心は、主のものだろ？」

「生まれてから、ずっとそうだった。なのに、お前が俺の心を自分のほうへ強引にねじ曲げた。お前こそ、酷い奴だ」

紅葉の手が、千明の心臓の上でとまる。

「水晶の花みたいな目の眩《くら》むその秀麗《しゅうれい》さで、俺を赤い狐じゃなく、もみじ色の狐と呼んだその声で、お前は俺を誘惑した」

「……そんな、つもりは、ない」

「なくても、したんだ。俺が誘惑されたと感じたから、お前は俺を誘惑したんだ」

「何だよ、その屁理屈……」

唇をわななかせた千明の乳首《ちくび》を、紅葉が布越しに摘まんだ。

「んっ」

「屁理屈？　どこが？　互いにどうにか一線を引けてたのに、それを破ったのはお前だぞ？　お前は、開いた脚のあいだを俺の顔にこすりつけてきて、俺に性の快楽を無理やり教えた」

「あ、あれは、俺のせいじゃないっ。廊下のせいで、入る部屋を間違えたんだ」

「だったら、そう言って、さっさと出ていけばいいのに、お前は俺の顔の上で腰を振って、勃《ぼっ》起《き》して、それを俺の口に入れて射精した」

指の腹できゅっと強く挟まれた乳首が凝《こご》る。その灯《とも》った芯《しん》をこりこりとすりつぶされ、腰が跳ねた。

「――ふっ、ぁっ」

「出すまでずっと、俺の顔に座ってたんだから、それはお前の意思だろ、千明」

乳首を揉《も》まれながら、耳もとで名前を呼ばれ、頭の中がこんがらがる。

咄嗟《とっさ》に「違う」と否定しようとして、けれども、あのときの自分は、早く紅葉から離れなければという焦りと同時に快感も確かに覚えていて、あれは心の奥底で無意識に望んでいた行為だったのかもしれないとも思う。

「千明。お前を愛したい」

タオルを離した紅葉の手が、千明の下腹部へすべっていく。

「――駄目だ、紅葉」

ジャージのパンツの下へもぐりこもうとした手を、千明は強く握って制す。

「馬鹿なことを、言うな……」

「自分でもそう思う。だけど、気持ちを抑えられない」

千明の耳朶《じだ》を食《は》むようにして、紅葉が声を熱っぽく響かせる。

「あ……」

甘い痺れが四肢の先へ走り、紅葉の手を握っていた指から力が抜ける。逃がしてしまった紅葉の手が、下着の中へ入りこんで来た。

ペニスを握られ、甘美な目眩に襲われた。

「ふっ、あ……」

「こんな気持ちは初めてだ、千明。どうしていいか、わからない……」

告げる唇が近づいてくる。

困る暇《ひま》もなく、千明の唇は塞《ふさ》がれた。

「うっ、ふ……っ」

紅葉の舌が、口腔《こうこう》を侵《おか》す。思わず怯《おび》えた舌を、ぬるりと搦《から》め捕《と》られる。

強い力で舌を吸引され、尖らせた舌先で口蓋を擽られた。そのあいだも、ペニスをずりっ、ずりっと扱かれる。

身体の上と下で、やわらかい皮膚《ひふ》を、乱暴さと紙一重の情熱で貪《むさぼ》られ、全身がまたたく間に熱を帯びていった。

「ふっ、ぅ……、ぅ……んっ」

「千明……」

唇からこぼれる吐息も唾液《だえき》もすべて啜《すす》られる激しい口づけに、目眩が深くなる。

けれど、苦しかったのは最初のうちだけだった。紅葉の舌や唇の動きにしだいに慣れていくと、苦しさの中から悦びが湧いて出た。

「うっ、う……、ふ、ぅ……」

これが初めての口づけ。本当の恋を初めてした相手との——。

そう思うと、嬉しさで頭の芯が痺れ、崩れていった。

胸に満ちる歓喜を吸収するようにペニスが膨《ふく》らみ、張りつめた幹をぎゅっと握られる。

その拍子に鈴口《すずぐち》がわななき、淫液《いんえき》がにゅるっと漏れたのを感じた。

「んっ、ぅ……」

気持ちがいい。

紅葉に唇を食まれて、舌を吸われるのが気持ちいい。硬くなったペニスを揉みつぶすように扱かれるのが気持ちいい。よくて、よくて、たまらない。

いつしか千明は紅葉の手の動きに合わせて腰を小刻みに揺すり、紅葉の舌と自分のそれを夢中になって絡ませ合っていた。

湿った水音が部屋の中に響く。官能をさらに煽《あお》られて、肌の火照りが増してゆく。

「千明……」

ふいに、紅葉の唇が離れていった。

これは初めての口づけなのに。まだ物足りない。咄嗟にそんな不満が湧き、追いすがると、唇を啄《ついば》むだけのキスをされた。角度を変えて、何度も。

ようやく満足した頃には、せっかく拭かれた肌が再びじっとりと汗ばんでしまっていた。

「ふ、ぁ……」

「千明。お前の中、ぐしょぐしょだ」

獰猛《どうもう》に笑んだ紅葉が、下着の中で指を蠢《うごめ》かす。いつの間にか、そこはしとどに漏らした淫液で、まるで粗相でもしたかのように濡れていた。

硬く反り返ったペニスも、それを握る紅葉の手も、そして根元の陰嚢《いんのう》も、そのさらに奥の秘所も、ごまかしようがないほど淫液にまみれ、ぬるついていた。

下着の中で紅葉が指を動かすつど、ぬちり、ぬちりと卑猥《ひわい》に粘りついた音がした。

「あ……」

恥ずかしさに、体温が一気に上がる。

「昨夜、目の前でお前のこの小さな唇がいやらしくひくついて、透明な糸を滴《したた》らせるさまを見せつけられたとき、今まで生きてきた中で一番、最高に興奮した」

「……あ、あの、とき、お前は……、怒ってたんじゃ……ないのか？」

「怒ったりするものか。だが、驚いた。欲望まみれの夢を見ているのかと思って。この世に、あんな気持ちのいいことが存在するのかと」

耳もとで囁いた紅葉が、亀頭の先端の割れ目を指の腹でぐりぐりと押し撫でた。

「あぁっ」

腰に電流が走り、一瞬、視界がゆがんだ。

溢れ出ようとする淫液を堰きとめられ、秘唇のふちをめくられて、千明は足先をきつく丸めて悶《もだ》えた。

「あ、あ、あ……っ」

千明はたまらず背を反らせた。意図せず突き出してしまった胸の尖りが雄《おす》を誘ってしまったのか、紅葉がもう片方の手を胸に這わせた。蜜口をいじられながら、硬く凝っていた乳首の根元をこりこりと擦《こす》られ、千明は高く啼《な》いた。

「あぁぁっ」

「お前は何もかも美しいな、千明。顔も、声も、性根も、この乳首も、ペニスも、透き通って輝く水晶のようだ」

耳朶に口づけてきた紅葉の指の動きが、どんどん激しくなっていく。

乳首が右へ左へとねじり上げられ、秘唇が指先でぐりぐりとえぐられていく。

「ひっ、うぅ……っ」

「なあ、千明。お前も昨夜、興奮したか?」

「——し、た……っ」

擦り続けられている乳首とペニスの先がひどくじんじんして、こんな状況では嘘などつけなかった。千明は胸を喘《あえ》がせて「した」と繰り返す。

「気持ちよかったか?」

「あ、あ……。よかった」

頷いた直後、ペニスを握っていた紅葉の指が、下へ下りていった。

根元の陰嚢《いんのう》をくぐった指は、ひくひくと波打っている会陰を伝ってその奥へ進み、窄《すぼ》まりを捕らえた。

「――あっ」

窪地《くぼち》の表面がぐるりと撫でられたあと、肉環を貫かれた。

自分のこぼした淫液を吸って、襞はすでにじゅうぶんに潤んでいた。だから、紅葉の指をぬるりと呑みこんだ。

「あぁっ」

痛みなどなかった。けれど、生まれて初めての異物感に粘膜がおののいた。

反射的にぎゅっと狭まった肉の路《みち》を、紅葉の指が掻き分けて入ってくる。体内に異物が埋められるたまらない感覚に、千明は足先を引き攣らせた。

「あ、あ……、はっ、ぁ……っ」

「美しい声だ。聞いているだけで、ぞくぞくする」

濃い欲情をはらむ声で言った紅葉が、指の抜き差しを始める。

ぬぷっ、ぬぷっと突かれるつど、腰がはしたなく揺れた。

「あっ、あっ、あっ」

紅葉の腕が深い場所へ入りこんでいるせいで、ジャージのウエストからペニスの穂先がはみ出していた。

亀頭は充血して膨れ上がり、その頂《いただき》の割れ目からはにゅぴゅっ、にゅぴゅっと透明な粘液が噴き上がっている。濫《みだ》りがわしくくぱくぱと開閉を繰り返している陰唇は、快楽に酔いしれているようだ。

「あ……、ぁ。こう……よう……」

「千明。お前の中の音だ。聞こえるか？」

紅葉の指を呑みこんでいるそこから、ぐちゅう、ぬちゅうと音がする。

肉と肉が擦れ合って生まれる、淫靡《いんび》極まりないその音が歓喜の歌に聞こえ、千明はもう認めるしかなかった。

粘膜を擦られ、肉筒を掘りこまれるのは気持ちがいい。たまらなく、気持ちいい。だから、もっと深い快感がほしい。身も心も、そう願っている。

「あ、あ、ぁ……。紅葉……、紅葉……」

「千明。これは、雄を受け入れる準備ができた音だ」

「……どうして、そんなことが……わかるんだ」

「わかる。指南されたのと、同じ音だ」

断言した紅葉が、指を抜く。背後で、ジーンズの前を開いている気配がする。

息を詰めたとき、下着ごとジャージを引きずり下ろされ、背後から両方の腿《もも》を抱え上げられた。まるで、幼児が用を足すような格好だったが、そのことに狼狽える余裕などなかった。

ほころんだ肉襞に、剣先を宛《あて》がわれたからだ。

「——っ」

熱い。硬い。そして、襞にぴたりと吸いついてくる感触から、尋常《じんじょう》ではない質量を感じた。千明は腰を抱え上げられ、紅葉の剛直《ごうちょく》は下から肉環を狙っている。なのに、重いのだ。下から、ずっしりとした圧力を感じるのだ。

「挿《い》れていいか、千明」

襞をずるり、ずるりと擦られながら問われ、拒むことなどできるはずもなかった。

それに、胸の中では、嫉妬《しっと》が芽吹いていた。紅葉は一体どんな閨房指南を受けたのだろう。何度受けたのだろう。単なるレッスンでしかないセックスよりも、自分のこの身体のほうが気持ちがいいと言わせたい。

そんな激情に駆られて、千明は自ら腰を揺すって、位置を下げた。

窄まりの中央に剣先が刺さり、肉環がじわじわと愛おしい妖狐の亀頭を呑みこんでいく。

「あ、あ、ぁ……」

肉襞を引き伸ばしながら体内に少しずつ侵入してくる紅葉の熱に、硬度に、大きさに陶然としかけたときだった。

ふいに、障子戸のガラスが小さくノックされた。

「ねぇ。千明、元気になった？」

猫宮が障子戸を肉球でぺたぺたと叩きながら、「開けてー。ぼく、おみまいに来たよ」と訴える。その愛らしい声が、どこかへ霧散《むさん》していた理性を瞬時に帰還させた。

「——っ」

千明は弾かれたように腰を上げる。

なかばまで埋まっていた紅葉の亀頭が、内側から襞をめくり上げてぐぽっと抜けた。

放ちそうになった声をどうにか嚙み殺し、千明はジャージのパンツを引っ張り上げた。濡れた下着が肌にぬるりと張りつく。

「——ちょっと、待ってくれ、猫宮」

「うん。ぼく、待ってるよ、千明」


「猫宮、チーズを裂いてやろう」

「えー。ぼく、千明のおみまいするんだもん」

「千明は風呂に行きたいんだ。出てくるまで、チーズを食って待ってろ」

「じゃあ、ぶりぶりもーがいい。前に胡桃沢《くるみざわ》がくれて、美味しかったの」

「……ブリー・ド・モーな」

自分よりは状態がましだった紅葉に猫宮の相手を頼み、千明は着替えを持って風呂場に駆けこんだ。

——何てことを。何てことを。何てことを。

シャワーを浴びながら、千明は呟きを繰り返す。あとからあとから湧いてくる後悔が胸を重くする。風邪の症状はもうすっかり収まっていて、浴びているシャワーは熱い。それなのに、手足の先がどんどんと冷えていく。

恋した相手に、初めて想われた。

嬉しくて、嬉しくて、舞い上がり、とんでもない過《あやま》ちを犯すところだった。

生まれて初めて恋が成就した喜びに浮かされて、紅葉に主を裏切らせてしまうところだった。

己《おのれ》の犯しかけた罪の証を洗い流そうと、長い時間、震えながらシャワーを浴び、千明は新しいジャージを着た。そして、ある決意を抱いて風呂を出、のろのろとリビングへ向かった。

開けようとした引き戸越しに、紅葉たちの声が聞こえてきた。

「腹がいっぱいになったら、早く寝ろ、猫宮」

「まだ眠くないし、ぼく、千明を待ってなきゃ」

「もう夜だから、遊ぶのは明日にしろ」

「やだ。千明がお風呂から出てきたら、はなはなトンネル見せるんだもん。きれいなはなはなトンネル作って、千明に元気になってもらうの」

「花のトンネルは夜作るより、朝がいい。朝露《あさつゆ》が輝いて、美しいからな」

「そうなの？」

「そうだ。だから、お前はもう寝て、明日の朝、早く起きてトンネルを作るといい」

紅葉は猫宮を眠らせようと必死だ。その理由が千明にはわかった。わかったから、今晩、寝室でひとりになるわけにはいかなかった。

「あ、千明！」

リビングに入ると、ソファに座る紅葉の肩に乗っていた猫宮が飛びついてきた。

「もう元気になった？」

「ああ、元気になったぞ、猫宮」

紅葉が自分を見つめているのを感じる。けれど、千明は紅葉とは目を合わせず、猫宮を抱きしめた。

「だけど、ひとりで寝るのは寂しいから、今晩は俺と一緒にいてくれるか？」

「うん、いいよ。一緒にいてあげる」

ぱっと笑った猫宮が、小さな顔を千明の頬にこすりつけてくる。

「なら、もう寝よう」

「うん。ぼく、千明と一緒に寝る」

「おい、千明」

何のつもりだ、と言いたげに、紅葉が尖った声を投げてくる。

「——明日、話そう」

決心が揺らぎそうで、紅葉の顔を見ないまま告げて、千明は逃げるようにリビングを出た。

寝室の布団の上に座り、本家の末息子の成暁《なりあき》にメールをしていると、隣の風呂に紅葉が入った気配がした。

「猫宮。お前に頼みがあるんだ」

布団の上を楽しそうにころころ転がっていた猫宮を抱き上げ、千明は言った。

「もし、ここへ紅葉がやって来たら、追い払ってくれるか？」

「いいよ！」

猫宮は元気よく頷いてから、「でも、何で？」首を傾げた。

「千明、紅葉を仲間はずれにするの？」

ちょっと心配そうに訊いてくる猫宮の頬を、千明は指先で撫でた。

「そうじゃない。でも、今晩だけ、お前とふたりでいたいんだ。朝になったら、また三人で一緒にご飯を食べよう」

「朝になったら、皆で一緒にご飯？」

「ああ、そうだ。美味しいものを、お前と紅葉と俺と三人一緒に、たくさん食べよう」

きっと、三人揃っての食事は明日の朝が最後になる。だから、明日は千明も何か料理を作るつもりだ。間違いでも出会えた喜びと、本当の恋とはどんなものなのかを教えてくれたことへの感謝を込めて。

「うん！」

猫宮はこっくり頷いて、千明の腕の中から飛び降りると、障子戸の前にちょこんと座った。

「ぼく、まだ全然眠くないから、紅葉が入ってこないように見張ってるね」

「ああ……。頼むぞ」

任せて、と猫宮が尻尾を可愛《かわい》らしく振った。

千明は布団の中にもぐりこみ、スマートフォンで、自分にも作れそうな料理の検索《けんさく》をした。

実家では、皿洗いや買い出しの手伝いくらいしかしたことがない。卵料理や野菜を切って混ぜるだけのサラダ。千明にはそんなものしか作れないけれど、一生の思い出になる楽しい食事会にしたい。そう思い、初心者向けの料理サイトを閲覧していると、風呂を出たらしい紅葉の声が、障子戸越しに聞こえた。

「入るぞ」

「だめぇー！」

障子戸を引き開けた紅葉が部屋の中に踏み入れかけた足先へ、猫宮が猫パンチを繰り出す。

「紅葉は入っちゃだめ！」

「入れろ。俺は、千明に用がある」

「紅葉は入っちゃだめだもん！」

高い声で言いながら、猫宮は足先をぺちぺち叩く。

爪先でひょいと持ち上げられてしまうほど軽い猫宮の攻撃など、紅葉には何の意味もない。けれど、紅葉は猫宮の猫パンチを突破しない。ただ、千明を静かに呼んだだけだった。

「千明」

目を合わせれば、心が揺れる。成暁に助けを求めたばかりなのに、決意が鈍《にぶ》る。だから、千明は紅葉とは目を合わせず、布団を被《かぶ》って返事をしなかった。

「……まったく、何なんだ」

紅葉はため息をつき、部屋を出て行った。障子戸の閉まる音がする。

「千明。紅葉、ちゃんと追っ払ったよ！」

布団の中から顔を出すと、障子戸のガラス越しにその前の廊下に座りこんでいる紅葉の輪郭《りんかく》がぼんやり見えた。

「ぼく、えらい？」

弾《はず》む足取りで枕元まで寄ってきた猫宮が、誇《はこ》らしげな顔で問いかけてくる。

「ああ。えらいぞ」

千明は小さく笑って、猫宮の頭を撫でる。

「ぼく、今晩はずっと見張ってるね！」

猫宮は勇ましく胸を張って言い、また戸口へ引き返す。そして、そこで、番犬よろしくぴしりとした姿勢で座った。けれど、猫宮はまだ小さい子猫だ。それからほどなく、身体が傾き、揺れ出したかと思うと、猫宮はガラスに突っ伏して眠ってしまった。

あんな格好で眠っては、首が痛くなるだろう。猫宮がそばにいるだけで、紅葉はたぶん、この部屋の中には入ってこない。それがわかっていたので、千明は布団から出た。

猫宮の小さな身体を抱き上げると、障子戸の向こうから紅葉の声がした。

「千明。怒ってるのか？　俺が、お前にちゃんと愛し」

「――怒ってないっ」

主への裏切りの言葉を吐かせたくなくて、千明は咄嗟に叫んだ。

「なら、猫宮を置いて、出てきてくれ。さっきの続きがしたい」

「馬鹿を、言うな……」

千明は唇をわななかせて首を振った。

「俺は、死ぬほど後悔してるんだ。もう少しで、お前を幽鬼にするところだった」

「お前のためなら、なってもいい」

即座に返された言葉に、千明は息を呑んだ。

「……そんなわけ、ないだろ」

反射的に嬉しいと思ってしまった自分を叱咤《しった》して、千明は重く感じる舌を動かす。

「今なら、まだ引き返せる。昨夜のことは廊下のせいだし、さっきのことは……、俺が風邪で朦朧《もうろう》としていたせいだ。お前はまだ、主を裏切ってない」

「召還されて、お前を初めて見た瞬間から、裏切ってる」

「……え?」

「水晶の花みたいだと思って、一日で心を奪われた。この美しい水晶の花が俺の主だということに、心の底から歓喜した。……だから、お前が主じゃないとわかったときの絶望といったら、なかった」

　紅葉が小さく苦笑した気配を感じた。

「主じゃない男に一目惚《ひとめぼ》れをして、しかも、その男のそばにいなきゃならなくなって、混乱した。お前にどう接すればいいか、わからなかった。お前に必要以上にきつく当たれば嫌われて、罵《ののし》られて、この気持ちも冷めるかと思った」

　だけど、と紅葉は息をつく。

「お前は俺の好物のうどんを買ってくるし、俺の作ったメシを美味いと微笑むし、俺を赤い狐とは呼ばないし、俺が一番好きな歌をお前も好きだと言った……。俺は主のために生まれた式神《しきがみ》だと何度自分に言い聞かせても、毎日、どうしようもなくお前に惹《ひ》かれて、一日の終わりにはいつも、契約を解く方法が見つからなかったことを喜んだ。いつまでも、こんな日が続けばいいと願った」

　一言、一言をはっきりと紡《つむ》ぐ声が胸に熱く沁みた。

こんなにも強く想われて嬉しい。なのに、結ばれてはならないことが辛い。いつもいつも、好きになってはならない相手ばかり好きになってしまう自分が悲しくて滑稽《こっけい》で、そんな運命を定めた宿星神が憎い。

色々な感情が胸に一気に満ちて苦しくなり、千明はその場に座りこんだ。

「とても、そんなふうには見えなかった。お前は、役者の才能があるな」

笑ったつもりが、こぼれたのは涙だった。

「お前を抱きたい、千明」

紅葉がガラスに掌を押し当てて囁いた。

「駄目、だ……」

拒むと、また涙がこぼれた。

「俺はお前が欲しい。お前は、俺が欲しくないのか？」

欲しい。そう叫びたくなるほど欲しい。けれど、それは望んではならないことだ。

誘惑に負けてしまわないように、千明は腕の中で眠る猫宮を見つめた。

「俺はお前に幽鬼になってほしくない。こんな歳まで一度も実ったことがない恋が実っただけで……、じゅうぶん幸せだ。お前には、生きていてほしい」

生きてくれてさえいれば、この空の下のどこかで繋《つな》がっていると思える。紅葉の幸せを祈ることができる。けれど、紅葉が幽鬼になってしまえば、それすら叶わない。

「お前と一緒にいられないのなら、生きている意味はない」

紅葉の掌が触れるガラスが、かすかに軋《きし》む。

「俺は主のために生まれた式神だ。だけど、主に捧げたはずの心を、お前に奪われた。お前のそばにいたいと――お前のものになりたいと思った時点で、俺は主を裏切った。もう引き返すのは無理なんだ。俺はいずれ、幽鬼になる」

「そんなことはないっ」

千明は強く声を響かせた。

「俺たちはまだ、決定的な過《あやま》ちは犯していない」

「もう犯した。お前の中に挿《い》れた」

「ほんの先端が、一瞬だけだ。入ったうちに入らない」

「そんな詭弁《きべん》が通用するわけないだろ」

紅葉が少し呆れたような声を投げてくる。

「先を一ミリだけでも、根元まで全部ずっぽりでも、挿れたことに変わりはない。俺は、主を裏切った」

心と体の両方で、もう裏切ったんだ、と紅葉は静かに繰り返す。

「俺の頭の中には、お前のことしかない。明日か一年後かはわからないが、俺の裏切りは必ず宿星神の耳に届く。だから、俺の残りの命は、お前に捧げたい。俺を受け入れてくれ、千明。

たとえ、ひと月でも……半日だろうと、お前と愛し合えれば悔いはない」

「紅葉……」

「ああ、俺は紅葉だ、千明」

ゆっくりと紡《つむ》がれた声が、鼓膜に沁みこんでくる。

「俺は、お前のもみじ色の狐だ。どこの誰ともわからない主のために生まれた式神の朱理《しゅり》じゃない」

千明、と紅葉がやわらかな声をガラスの向こうから向けてくる。

「頼む、千明。俺に、生まれた意味をくれ。たったひとりの運命の相手に巡り逢って、愛し合うために生まれたんだと、俺の命に意味をくれ」

「……紅葉」

千明は手を伸ばした。ガラス越しに紅葉と掌を合わせる。

薄くてひんやりしたガラスの向こうから、紅葉の体温が伝わってきた。

甘い声音で切々と紡がれる言葉に心を揺さぶられ、今、この瞬間までは、もう部屋の外へ飛び出してしまいたいと迷いかけていた。

けれど、ガラス越しにもはっきりとした紅葉の肌の温《ぬく》もりを感じると、そんな迷いは消えた。

子猫と一緒に魔法ごっこに興《きょう》じる狐。歌を歌う狐。料理をする狐。洗濯をする狐。自分を好きだと言ってくれる狐。

この優しくて美しいもみじ色の狐を、幽鬼になどしたくない。

自分勝手な考えだと紅葉は怒るかもしれない。けれど、愛しているから、生きていてほしい。辛いと訴えられても、もう二度と会えなくても、生きていてほしい。どうしても。

だから、成暁に助けを求めたことは正しい判断だったと千明は思った。

——拾った呪具で、うっかり式神泥棒をしてしまった。契約を解く方法がわからない。

先ほど、成暁に送ったメールに、そう記した。

幼稚園から大学までの同級生で、又従兄弟《またいとこ》の関係ではあるものの、成暁とはあまり深い親交はない。それでも、きっと助けに来てくれるはずだ。

成暁から報告を受けた本家の当主が、明日の朝一番で。

今年は、すべての呪術の流派を束ねる宗主を決める、二十年に一度の選挙の年。本家の当主は千明の式神泥棒の痕跡《こんせき》を——宗主選の敗因になりかねない一族の恥部を、きっと念入りに、消してくれるはずだ。

だから、宿星神に気づかれていない今なら、まだ間に合うはずだ。

——間に合ってほしい。

一時の激情に流されて、紅葉に決定的な罪を犯させるくらいなら、小さくても、助かる可能性に千明は賭けたかった。

そのことを知れば、紅葉は無理やりにでも自分をこの部屋から連れ出してしまうかもしれない。だから、本家から救出が来ることは、明日の朝までは内緒にしておく。そのつもりで、明日まで待ってくれ、と言おうとしたときだった。

じりりりん、と呼び鈴が鳴り響いた。

深夜の訪問者は、本家の当主・鳳明昌《おおとりあきまさ》だった。

朝になれば迅速《じんそく》に動いてくれるだろうとは思っていたが、連絡をしてすぐのこんな時間に訪ねてこられるとは思っていなかった。

式神泥棒という行為を、明昌は千明が想像するよりもずっと重く考えているのだろう。怒りで顔を赤くしている明昌は、千明の母親を伴っていた。他人の式神と契約を結ばせる呪具の力は相当強いはずだから、強制解除の際に、万が一のことがあるかもしれないから、と。千明は、明昌と、心痛でひどく青ざめている母親をリビングに通し、事の経緯《けいい》を説明した。

そのあいだ、紅葉は千明の隣に座っていた。ずっと、黙ったままで。

鳳一族を率いる明昌が有する呪力の並々ならぬ深淵さを、紅葉は一目で感じ取ったはずだ。だが、紅葉の沈黙はそれに圧せられてのことではない。

千明がひとりで決めた、勝手な判断への憤りゆえだとわかる。紅葉が無言で放つ怒気が、肌に刺さって痛いから。

「ならば、式神泥棒をして、もう十日も経っているということか」

話を聞き終えた明昌が、眉を吊り上げた。

「なぜ、もっと早くに連絡してこなかった」

申し訳ありません、と千明が詫びるより先に、隣の紅葉が声を放った。

「俺が、させなかったんだ。何か文句があるか？」

「大ありだ、赤狐《せきこ》殿」

明昌はその目に苦々しい色を浮かべて、紅葉を眇《すが》め見《み》た。

「我が一族の名誉を守るため、赤狐殿には早々にお帰りいただかねばならぬからな」

「俺は帰る気はない。命尽きるまで、千明と共にいる。千明のそばを決して離れない」

何の迷いも恐れもなく、凛と響いた宣言が嬉しくて、けれど、だからこそ、千明も「それはできない」と強く返した。

「俺は、お前を幽鬼にしたくない」

「俺のことを勝手に決めるな、千明っ」

声を荒らげた紅葉に、明昌が「これは、赤狐殿の問題ではない」と冷ややかに告げた。

「我ら一族の存亡に関わる問題だ。少し黙っていてもらおう」

「黙らない。この件の当事者は、千明と俺だからな。あんたら部外者こそ、引っこんでてもらおうか」

赤狐、赤狐と連呼されたことで苛立ったのか、明昌を睨みつける紅葉を、千明は「駄目だ」と制す。

「頼むから、わかってくれ、紅葉」

「わかってたまるか。お前は、俺の」

紅葉が何かを叫びかけたまま、ぴたりと動きをとめた。まるで、電池の切れたロボットのように。

そして、千明も。意識ははっきりしているのに、指の一本すら動かせず、声も出ない。

「やれやれ、まったく。事の重大さがわかっておらんのか、このふたりは。この期《ご》に及んで、痴話喧嘩《ちわげんか》などと」

どうやら、千明は明昌に緊縛系《きんばくけい》の術を掛けられたようだ。今、紅葉は千明の使役魔なので、千明と一緒に身体の自由を奪われてしまったのだろう。

「澪子《みおこ》。お前は一体、どういう育て方をしてきたんだ。千明は子供の頃から妙にぼんやりしていたが、拾った呪具でうっかり式神泥棒をしたあげく、恋仲になるなどと、愚《おろ》かにもほどがあるというものだ」

「申し訳ありません」

明昌の隣で、母親が頭を下げる。その悄然《しょうぜん》とした様子に胸が痛んだ。自分の失態に母親は関係ないと叫びたかった。けれど、どうしても、声が出ない。

「で、澪子。お前は、この呪具に見覚えはあるか？」

明昌が千明の左手を取り、母親に問う。

母親と明昌は従兄妹同士だ。つまり、呪具の制作者である大叔父は、明昌と母親にとっては叔父に当たる人物だ。しかし、明昌は、大叔父と交流がほとんどなかったと聞く。大叔父が明昌の祖父——先々代の当主の妾《めかけ》が生んだ子だったからだ。

「いえ……、存じません。叔父様は、こういう宝飾性の高いものはあまり作られていなかったように記憶していますが……」

そうか、と頷いて、明昌は千明が左手の薬指に嵌めた呪具に触れる。千明にはよく聞き取れない呪文を呟き、明昌は指輪を抜こうとした。けれども、指輪はまったく動かない。

明昌は呪文を変えたり、自身の呪具を用いたりして、指輪を動かそうと試みた。だが、何度試しても駄目だった。

指輪は、もうすっかり、千明の左の薬指と同化してしまっている。

それでも、明昌は指輪を外そうと奮闘を続けていたが、やがて千明の手を離した。

「このままでは、埒《らち》が明かぬわ」

仕方がない、と大きな息を落とした明昌が、懐から短刀を取り出す。

「明昌様、何を……なさるおつもりですか？」

「指を斬り落とす。ほかに方法がない」

「――それは困りますっ」

母親の悲鳴めいた声が室内に響く。

「この子にとって、手は商売道具です。普通の人間として生活しているこの子から指を奪うのは、酷《こく》です」

「多少不便だろうが、今の時代、どうとでもなるはずだ。指が一本や二本、なくなったところで、利き手がまるまる残っていれば、仕事に支障を来《きた》すわけでもあるまい」

「……そんなっ。お願いします。何かほかの方法を考えてくださいっ」

縋りつく母親を、明昌は「ほかの方法など、もうない」と突き放す。

「このふたりのあいだで契約が成立して、もう十日だ。悠長に構えている余裕はない以上、こうするしかない。私に外せないということは、鳳の一族の誰にもこの呪具は外せないということなのだぞ。お前はまさか、天羽《あもう》や津雲《つくも》に助けを乞《こ》えと言うのではあるまいな」

「いいえっ。でも……、何か、まだ何かあるかもしれませんっ。お願いですから、もう少し、考えていただけませんか？」

明昌の足もとで、母親が膝を折る。考え直してほしい、と床に額をこすりつけて懇願する。

母親にそんな姿をさせているのが自分だと思うと、どうしようもなく居たたまれなかった。

千明の胸の中で、申し訳なさと己の非力さへの情けなさ、悔しさが膨張する。

「私とて、好き好んで千明を傷つけたいわけではない。だが、今はこれが最善の方法なのだ。

もし、千明が他人の式神を盗んだことが世に広まれば、お前たちの一家は一生、後ろ指をさされて過ごすことになるのだぞ。花染《はなぞめ》の家へ嫁《とつ》がせた私の娘も、秋に生まれてくる孫もだ。お前は、初孫をそんな目に遭《あ》わせたいのか？」

はっとしたように顔を上げた母親が、打ちひしがれた目を千明に向けた。そこには、我が子ともうすぐ生まれてくる孫のあいだで揺れる迷いの色と、ふたりのどちらかを今ここで選ばねばならないことへの絶望が宿っていた。

――大丈夫だ。俺は大丈夫だから、母さん。

そう伝えたくて、千明はかすかに動く瞼を震わせる。

本家に助けを求めたときから、この身はどうなってもいいと覚悟はしている。紅葉を幽鬼にしないためなら、指を失うことくらい、どうということはない。

「痛むだろうが、許せよ、千明」

低く告げて、明昌が短刀を振りかざす。

これは罰だ。恋をしてはならない相手に恋をした罰。決して愛し合ってはならない相手の心を奪ってしまった罰。こんなにも愛しているのに、紅葉の願いを聞いてやる勇気がない罰。

受けて当然の報《むく》いだと自分自身に言い聞かせたとき――。

「千明っ」

母親の手が、千明の左手を覆い隠した。

「邪魔をするな、澪子！」

「どうしてもこの子の指を落とすと仰《おっしゃ》るのでしたら、私の指も一緒に切ってください」

「何を愚かなことを！　千明の罪を、お前が被ってやることはできないのだぞ？　お前が千明と共に指を失ったところで、何の意味もない」

「それでも……、私は母親です。母親として、子供の痛みを我が身の痛みとする権利があります。この子から指を奪うのなら、どうか私の指も一緒に！」

「それでお前の気がすむのなら、望み通りにしてやる。覚悟せよ、澪子！」

明昌が握る白刃を高く振りかざす。

手を離してくれと叫びたいのに叫べず、心の中でもがく千明の手を、母親がますますきつく握った刹那《せつな》だった。

白く閃いたものが、千明を懸命に庇う母親を守るように包みこんだ。

千明は目を凝らす。

視界に捉えたそれは狩衣《かりぎぬ》の——紅葉の纏う白銀の狩衣の袖だった。初めて会ったときと同じ狩衣姿の紅葉が、手にした太刀で明昌の短刀を防ぎ、そして、弾き飛ばした。

「——紅葉っ」

声が出る。身体も動く。

掛けられていた術が解けたようだ。

「馬鹿な。なぜ、動けるっ」

驚愕する明昌に、紅葉が「愛の力で」と真顔で返す。

「千明の身体には指一本触れさせないし、むざむざ引き離される気もない」

構え直した太刀を、紅葉が明昌に向ける。明昌の手の中にも、呪具の剣が現れる。

「赤狐殿。まだずいぶんと年若そうだが、鳳一族の長である私に勝てると思っているのか？」

「勝ってみせるさ。主を裏切ることと引き換えにして、手に入れた愛だ。守り通す」

「紅葉、よせ！　もう、いいからっ」

千明は母親をキッチンへ避難させながら、叫ぶ。

「何もよくない。俺は、お前の口から好きだの一言も、約束を破った詫びも、まだ何も聞いてない。それに、一番したいことも、してないからな」

「どうして、わかってくれないんだ！　俺はお前を幽鬼にしたくないんだ！」

「お前こそ、何度も言わせるな！　お前のいない生を生きても、意味はないと言ったはずだ！」

「ええい。また、下らん痴話喧嘩かっ」

苦虫を噛みつぶした顔で舌打ちをした明昌が、剣先で空に呪《じゅ》を刻む。

そのさなかのことだ。明昌の背後の、開け放していた戸口から、この騒動で目を覚ましたらしい猫宮が花に乗って飛んできた。

「はな、はな、ぶーん。はな、はな、ぶーん」

飛ぶ花にちょこんと座る猫宮が愛らしい掛け声を放ちながら明昌の周りをくるくる回り、張りつめていた空気を溶解させた。

「……猫又《ねこまた》、か？」

明昌が毒気を抜かれた顔で、小さな猫宮を見やる。

「ぼくは、世界一可愛くて賢い猫の猫宮だよ」

尻尾をぴんと立てて猫宮が名乗る。

「おじさん、だあれ？　どうして、千明と紅葉を虐《いじ》めてるの？」

「虐めているのではない。赤狐殿を本来の主のもとに戻すために必要なことだ」

明昌が当惑気味に答えると、猫宮がちょこんと首を傾げて言った。

「紅葉は、千明の狐だよ？」

「ふたりの気持ちなど、関係ない。赤狐殿には宿星神の定められた主がいる。それを、千明が拾った呪具を使い、盗んだのだ。盗みは恥ずべきことで、」

「なあに、じゅぐって」

話の腰を折られた当主が、面倒臭げに「千明がしている指輪だ」と視線で示す。

「とにかく、盗みは恥ずべきこと。赤狐殿を、元の持ち主に返さねばならぬのだ」

「だから、紅葉も指輪も、千明のだよ！」

猫宮が大きな声で言った。

「ぼく、くっくりーから頼まれたんだよ。もみじ色の狐が出てくるあの指輪を千明に渡して、って。だから、僕、指輪を千明にあげたの」

猫宮、と千明は呼ぶ。

指輪も紅葉も自分のものだとは、どういうことだろう。猫宮は一体何を言っているのだろう、と頭の中が疑問符で埋まる。

「なあに、千明」

「くっくりーって、誰だ？」

「くっくりーは、くっくりーだよ」

無邪気な笑顔で答えた猫宮が、「くっくりー、くっくりー！　出てきて、くっくりー！」と空に向かって呼びかける。

直後、白いうさぎが現れた。

「くっくりーではない、久々利《くくり》様、だ！」

だから子供は嫌いなんだ、とぶつぶつこぼすうさぎは二本足で立つ姿で空に浮き、なぜか麦わら帽子を被っていた。そして、どういうわけか、少し酒臭い。

酒の臭いを振りまく麦わら白うさぎを、猫宮以外の全員がぽかんと見上げた。

「くっくりー。このおじさんが千明を虐めるの。指輪も紅葉も千明のものなのに、盗んだって言うんだよ」

猫宮にそう訴えかけられた麦わら白うさぎが「久々利様と呼べというのに」とぶつぶつこぼしながらローテーブルの上に降り立ち、千明を見上げて、くんくんと鼻を動かす。

「この匂い……。もしや、そなた、千明か？」

千明は訳がわからないまま、「ええ」と頷く。

すると、麦わら白うささぎは今度は紅葉へその視線を向け、「やや、赤狐……」と呟いた。

「もしや、そなたは星奈国《ほしなのくに》の領主の息子か？」

「そう、だが……」

戸惑い気味の紅葉の返答に、麦わら白うさぎは「でかい。ふたりとも育っておる」と鼻筋に皺を寄せた。

「星奈《ほしな》の赤狐よ。そなた、いくつだ？」

「二十八だ」

「何と！　ならば、私は二十八年も昼寝をしていたのか！」

麦わら白うさぎはテーブルの上で飛び上がり、その場でぐるぐる回りはじめた。

「ああ～、何ということだ！　ちょっと昼寝をするつもりが、二十八年！　まずい、まずいぞ、これは～。嵩玉《たかたま》様に叱られてしまう～！」

「嵩玉様……。宿星三神のうちの一柱……」

そう声を落としたのは、明昌だった。

「いかにも！　私は宿星神・嵩玉様が眷属《けんぞく》、久々利なるぞ！」

回るのをやめ、誇らしげに胸を張った麦わら白うさぎに、明昌が詰め寄る。

「ご説明願いたい。この赤狐殿が千明のものとは本当ですか？」

「いかにも！」

高らかな肯定が部屋の中に響く。

「今を遡《さかのぼ》ること三十年前、嵩玉様の宮殿のお庭に突如《とつじょ》現れた穴に好奇心でもぐった私は、この庭へ迷い出た。美しい庭を一目で気に入った私は蝶に変じて、戯《たわむ》れていたが、あまりの楽しさにうっかり自分が何者かを忘れ、蝶として遊びほうけてしまった。そうするうちに、たまたまうっかり蜘蛛《くも》の巣に引っかかり、危うく食われるところであった。だが、私は千明に救われ、自分の正体を思い出したのだ。この通り、私の愛らしさは宇宙一。嵩玉様の眷属の中で、最も深い寵愛《ちょうあい》を受けておる。ゆえに、嵩玉様は私を助けた褒美《ほうび》を千明にお与えになったのだ」

「その褒美が……赤狐殿というわけですか？」

「いかにも！　恐れ多くも、千明は嵩玉様に『くれるなら、もみじいろのきれいなキツネがいい』と注文をつけたのだ。本来なら、人間の分際で調子に乗るなと成敗するところだが、嵩玉様は最も寵愛する私を助けた功は大きいとされ、千明に赤狐を式神として授けることにされた。なれど、問題がふたつ！」

一際《ひときわ》声を高くして、麦わら白うさぎは指を三本、突き出した。

今を遡ること三十年前なら、そのときの千明は二歳。当然、何の記憶もない。ただただ呆然となりながら、問題はふたつなのか、三つなのか、どっちなんだと訊く余裕もなく、麦わら白うさぎの話に耳を傾けた。

「千明は呪術師ではない上に、赤狐は数が少ない。そこで、呪力のない千明でも式神が持てるように呪具を作ることと、もみじ色の妖狐を捜すよう、私は嵩玉様から仰《おお》せつかったのだ」

いやはや、難儀であった、と麦わら白うさぎは渋面を作った。

「私は手先が器用ゆえ、呪具はすぐに作れたのだが、式神捜しには苦労した。ただでさえ赤狐は珍しいというのに、その中でさらにもみじ色という特別注文までつけられていたからな」

麦わら白うさぎは黒い瞳に非難の色を浮かべ、千明を見た。

「私は一年掛けてようやく、もみじ色と言えなくもない赤狐を見つけた。星奈国の領主の愛《あい》妾《しょう》だ。最初はその者を千明の式神に、と考えたが、ふと気づいたのだ。千明は呪術師ではなく、ただの子供。式神を与えたところで、その式神で何かをするわけでもない。ならば、式神は千明と同じ子供がよかろうと思い、星奈国の領主の愛妾に子を生ませることにしたのだ」

その閃きを自慢するようにヒゲをひねった麦わら白うさぎは、「ひっく」としゃっくりをこぼした。

「赤狐の子に与える契紋《けいもん》の意匠《いしょう》も決まり、段取りが整ったところで、私は呪具を持ってこの庭へ戻り、千明を捜そうとした。しかし、さすがに疲れていたゆえな。少し、昼寝をすることにした」

「で、二十八年も昼寝をしてたってわけか？」

紅葉が投げた問いに、麦わら白うさぎは「いかにも！」と大きく頷いた。悪びれる様子など微塵《みじん》もなく、どこか誇《ほこ》らしげですらある。

「昼寝から目覚めたとき、目の前にはこの猫がいた。千明の猫だと言うゆえ、指輪を猫に渡し、任務を無事に果たした祝い酒を飲んでおったのだ」

「では……、では……」

駆け寄ってきた母親が千明の左手を握り、震える声を響かせた。

「この子は、式神泥棒ではないのですね！」


「どうして、こんな大事なことを、ずっと黙ってたんだ、お前は」

眉間に深い皺を刻んだ紅葉に問いただされ、千明の膝に座って「チーズの王様」と呼ばれているらしいブリー・ド・モーを囓《かじ》っていた猫宮はちょこんと首を傾《かし》げた。

「ぼく、黙ってないよ？　千明にちゃんと言ったもん」

その答えに千明は笑った。

確かに、指輪を見つけて取り上げたとき、猫宮は何かを訴えていた――ような気がする。けれど、千明には「にゃあ、にゃあ」としか聞こえなかった。

「まったく、人騒がせな麦わらうさぎめ」

眉間の皺《しわ》を深くして、紅葉がソファにごろりと寝転ぶ。

「あのまま帰すんじゃなかった。今度会ったら、皮を剝《は》いで、バターソテーにして食ってやる」

麦わら白うさぎの久々利は、紅葉は間違いなく千明の式神だと宣言すると、「嵩玉様からお叱《しか》りを受ける前に、残りの酒を早く飲んでしまわねば」と焦り顔で消えた。

明昌は「こんな夜中に人を叩き起こしておいて、何たる茶番だ！」と怒っていたが、母親に「一族の者が宿星神から深いご縁をいただいたのですから、宗主選に有利になるのではありませんか」と指摘され、機嫌を直して帰っていった。

その母親も、詳しい説明がないままこんな時間に当主に連れ出された自分を皆が心配しているだろうから、と長居はせずに帰宅した。

『もみじ色のきれいな狐のお婿さんが本当にできたなんて、何だか変な感じだわ』

そう言って、まさに狐につままれたような顔をしつつも、母親は千明に新しい家族ができたことを「おめでとう。よかったわね」と祝福してくれた。

そして、平穏が訪れた家の中のリビングで、猫宮はご褒美の「ぶりぶりもー」を紅葉にもらい、とてもご機嫌だ。

「やめておけ。そんなことしたら、罰が当たるぞ」

「お前は、腹が立たないのか？　全部、あの間抜けな麦わらうさぎのせいなのに」

「まあ、いいじゃないか。結局、丸く収まったんだから」

危うく指を失うところだったので、まったく腹が立たないと言えば嘘になる。

けれど、胸の中にあるのは憤《いきどお》りよりも、誰憚《はばか》ることなく、自分が紅葉の主だと言える喜びだ。

それから、一種の脱力感。駄目だとわかっているのに強く惹かれ合う紅葉との恋が罪ではなく、むしろ運命だったのだと知り、ちょっと腰が抜けた思いだった。

「それもそうだな」

紅葉が肘《ひじ》をついて、笑った。

「今まで、する必要のない我慢をして、無駄にした時間を取り戻さなきゃならないんだから、あいつをどんなうさぎ料理にしてやるかなんて仕返しを考えてる時間がもったいないないか」

「お前って、わりと執念《しゅうねん》深いんだな。狐のくせに」

「俺は執念深いんじゃない。情熱的なんだ」

そんな答えを返されて、千明は小さく笑う。

「なら、その情熱的な頭で、あと二週間の休暇をどう過ごすか、考えてくれ」

言ってから、千明は、紅葉がまだ見ぬ主を、低収入の社会的落ちこぼれだろうと考えていたことを思い出し、つけ加えた。

「二週間、仕事がないいんじゃなくて、計画的に取った年に一度のリフレッシュ休暇が、あと二週間残ってる、ってことだからな。そのあとは、年末まで、スケジュールは埋まってる」

決して売れっ子ではないし、穴の空きそうなジャージをパジャマ代わりに愛用しているけれど、一応は一人前の社会人だ。そのことは、はっきりさせておかないと、年上の矜持《きょうじ》に関わる。

そんな胸のうちを見透かしたように、紅葉が「そうか」とおかしそうに笑った。

「なら、三人で旅行にでも行くか？　北のほうへ」

「北？」

「都内はもう終わりかけだが、あっちは今からが桜の見頃だろ。この庭で狂い咲いている花もいいが、猫宮にはちゃんと季節の花を教えておかないとな」

そうだな、と千明は頷く。

自分と紅葉は、言ってみれば猫宮の保護者だ。きちんとした教育を施《ほどこ》す義務がある。

「休暇、来年からは季節ごとにばらして取れよ」

「え？」

「春は桃と桜、初夏は藤、夏はひまわり畑、秋はコスモスともみじ、冬は山茶花《さざんか》に水仙に梅。猫宮を連れて見に行くものは色々あるからな」

「ああ」

これから新たに始まる三人暮らしの楽しさを想像して微笑んだ千明の腕の中で、チーズを囓っていた猫宮がふいに身を乗り出した。

「紅葉は来年もここにいるの？」

「そうだ。来年も再来年もその次も、ずっといる」

「遠くへ行くの、やめたの？」

「やめた」

紅葉がそう答えると、猫宮は千明を仰ぎ見た。

「千明、嬉しい？」

「ああ、嬉しい。お前と紅葉と、ずっと一緒にいられることになったからな」

「じゃあ、お祝いしなきゃ！　ぼく、明日の朝、お庭にすっごく大きなはなはなトンネル作ってあげる」

言って、猫宮は持っていたチーズをごくんと飲みこみ、床に飛び降りた。

「明日、早起きするから、ぼく、もう寝るね」

お休み、と尻尾を振って、猫宮は廊下を駆けてゆく。そして、すぐにまた千明の足もとへ戻ってきて、「忘れてた！」と叫ぶ。

「ぼく、紅葉が千明の部屋に入ってこないように、見張りしないと！」

可愛らしい宣言に、千明は思わず笑みをこし、紅葉は片眉を撥《は》ね上《あ》げた。

「それは、もういいんだよ、猫宮」

千明は屈《かが》んで、猫宮の額を撫でる。

「いいの？　どうして？」

「せっかくだから、三人で一緒に寝ようと思って」

　ごまかしではなく、本気でそう思って告げた千明の答えに、「うん」と頷いた猫宮を、紅葉が呼ぶ。

「猫宮。俺たちはあとから行くから、お前は先に寝てろ」

「何で？」

「大人は色々、しなきゃならない仕事があるんだ」

「夜なのに？」

「ああ。大人だからな」

　猫宮は不思議そうにまたたき、「大人って大変。ぼく、子供でよかった」と無邪気に笑い、ちょこちょことした足取りで部屋へ向かった。

「さてと。じゃ、俺たちは大人の仕事をしに行くか」

　立ち上がった紅葉が、千明に手を差し伸べる。

「お前とは今晩、寝る前にすませなきゃならないことがある」

　紅葉の言葉が何を意味しているのかは、もちろんわかる。千明は目もとを赤らめ、差し出された手を取った。

　連れて行かれたのは庭だった。自分の手を握る紅葉に導かれ、庭をどんどんと奥へ進む。しばらく歩き、紅葉が足をとめた。

その直後だった。たくさんの狐火が浮かんだかと思うと、無数の花が舞い上がった。淡い狐火に照らされた色とりどりの花が、千明と紅葉の周りにドームを作る。天井《てんじょう》からは、星形の小さな花がふわふわと揺れながら降ってくる。

「こういうのは、弟子《でし》よりも師匠《ししょう》が先に見せないとな」

「猫宮相手に張り合うなよ」

千明は笑い、紅葉が作ってくれた花の褥《しとね》を見回した。

「綺麗だな」

「お前のほうがもっと綺麗だ。俺の水晶の花」

告げた紅葉が、千明の足もとで跪《ひざまず》く。

アーチ型の入り口からやわらかい夜風が吹いて、花の香りを散らす。紅葉が纏う狩衣の袖がふわりとはためく。

「我が名は紅葉。星奈国に生を受け、二十八年、こうして我が主にお呼びいただける日を心待ちにしておりました」

紅葉は、千明を見つめて微笑んだ。

「私の命と心は、これより千明様のもの。幾久《いくひさ》しく、千明様のことだけを一心に想い、お仕えすることを今ここにお誓い申し上げます」

ゆっくりと紡がれた言葉が胸に沁みこんで響き、喉元が熱くなる。

たくさんの狐火が灯る花のドームの中は暖かく、明るい。こちらをまっすぐに見つめてくる紅葉と視線が深く絡む。このもみじ色の美しい妖狐が自分の伴侶なのだと思うと、照れくささと、それを大きく上回る喜びが胸をいっぱいに満たした。

「ああ。これから、よろしく。紅葉」

熱をはらんで震える声を返し、千明は「それにしても」と笑う。

「お前はすごく決まってるけど、俺は全然さまになってないな。こんな、穴の空きかけたジャージで」

問題ない、と紅葉の目がたわんだ。

「お前はこの世で最も美しい水晶の花だ。何を着ていようと、それは変わらない」

つやめかしく笑んだ紅葉が、ふいに手を伸ばしてくる。腕を摑まれて身体が傾き、紅葉の胸の中に倒れこむ。

「それに、俺はジャージは好きだ。脱がせやすいから」

濃い情欲のしたたる声で言った妖狐に、何か術でも使ったのかと疑ってしまう早業《はやわざ》で、身につけていたものを奪われた。

一糸纏わぬ姿になった身体を、まるで壊れ物を扱《あつか》うかのような優しさで、そっと腕の中に抱きこまれる。

「千明。愛してる」

紅葉にとっても、自分にとっても決して口にしてはならない禁忌だと思っていた「愛してる」という言葉。

けれど本当はずっと言ってほしくてたまらなかった言葉を耳もとで囁かれると、それだけで肌が熱くざわめいた。

「俺も、だ……。俺も、お前を愛してる」

「やっと言ったな」

紅葉が嬉しげに目を細める。

「初めて見たときから、惹かれてた。何て綺麗な狐だろうって……。俺の狐になってくれたらいいのにって、思ってた……」

とめどなく溢れてくる喜びで震える声に乗せ、千明は秘めていた想いを告げる。

「……紅葉」

愛《いと》おしいもみじ色の狐の名を呼んだ唇を、やわらかく食《は》まれ、啄《ついば》まれた。

「んっ、ふ……」

自分は紅葉の主。そして、自分たちは想い合っている。それがわかった今は、理性を制御するものなど何もない。だから、優しいだけのキスは、物足りなかった。

胡座《あぐら》をかいて座っていた紅葉の腰を、千明は膝立ちになって自ら跨《また》ぐ。向かい合う格好で、口づけを深く交わした。

「ふっ、ぅ……」

尖らせた舌先を縺《もつ》れ合《あ》わせる。そして、きつく吸い合うと、目眩がするほど気持ちがよかった。またたく間に肌の火照りは深くなり、乳首もペニスもすぐに勃起した。

「美味しそうな色だ」

空に突き出ていた乳頭の頂《いただき》が、ふたつ同時につぶされた。

指の腹でぐいぐいと揉みこすられ、その刺激で乳首の芯がさらに硬く凝れば、今度はそれを指で挟まれ、きゅっと摘まれて、右へ左へとくりくりと転がされた。

「んぅ……っ、んっ、ん……っ」

ふたつの乳首を同時にいじられて、脳裏でぱちぱちと快感の火花が爆《は》ぜる。

もっと、気持ちよくなりたい。もっと、紅葉を感じたい。

そんな欲望に突き動かされ、千明は口づけたまま、腰を揺すった。

「ん……っ、ふ……っ」

濫《みだ》りがわしい腰の動きで誘っても、欲しい場所に紅葉の指は伸びてこない。

「ふっ、ぅ……ぅっ」

生まれて初めて知った、本物の恋。けれど、禁忌だと思っていた恋。決して自分のものにはならない美しいもみじ色の狐。

諦めようとしていた想いが成就した嬉しさのせいか、千明の身体は、自分でも驚くほどにこの初めての交わりに興奮していた。

甘い口づけと乳首への愛撫だけでは物足りないのに、紅葉に千明が望むものを与えてくれそうな気配はない。

それ以上、我慢ができず、まだ触れられないペニスを、千明は自分から紅葉の身体にこすりつけた。

紅葉の頭を掻き抱いて口づけを深めながら、腰を振る。紅葉の纏う衣と、自分の身体に挟まれたペニスがいびつにひしゃげ、尖った快感が背を駆け上った。

「んんっ」

たまらず、腰が大きくくねる。

「何も知らないまっさらの身体のくせに、ずいぶん大胆な誘い方をするな、翻訳業界一の超絶クール・ビューティ」

唇を離した紅葉の双眸の奥で、獣《けもの》めいた獰猛《どうもう》な光が煌めいていた。

「不健全図書で研究を重ねてたのか？」

「お前が焦らすからだろ」

確かに自分は童貞だけれど、もうとっくに三十を過ぎているので、初々《ういうい》しい躊躇いなど似合わない。それに、一度は心が引き裂かれる思いで別れを決意したぶん、紅葉を求める気持ちが息をするたびに激しくなっていくようだった。

紅葉の腹部に自分のものをさらに強く押し当て、膨らんだ不満も一緒にぶつけると、臀部《でんぶ》を鷲掴《わしづか》みにされた。

「――ひっ」

「せっかちだな、翻訳業界一の超絶クール・ビューティ」

笑った妖狐の大きな掌で、肉づきの薄い双丘を揉みしだかれる。

「あ、あ……」

肉を捏《こ》ね回《まわ》す手つきの荒々しさに内腿が震え、腰の位置が下がった。

その動きに連動して、割れ目が自ずと左右に開く。窄まりの襞も一緒にぐぬうっと伸びて、入り口の粘膜をのぞかせる。襞のめくれたその孔の中へ、紅葉の指がもぐりこんできた。

「あっ」

硬い指の先がわずかに、肉環にずりっと突き刺さる。

襞をこじ開けられた衝撃に、千明のペニスは反り返りをきつくして、びくびくと裏筋を痙攣させた。亀頭の先端の秘唇もわななないて、蜜を垂らし出す。

屹立が淫らに変化し、濡れていくそのさまを、紅葉が凝視しているのがわかる。

「あ、ぁ……」

施される愛撫が気持ちよくて、でも、肌に刺さる視線が恥ずかしい。

「そんな、に……、見る、な」

「これを見なくて、何を見るんだよ？」

官能的な笑みをしたたらせ、紅葉は浅い指の抜き差しを繰り返す。

つぷっ、つぷっと肉環が刺され、その内側の粘膜がこすられるつど、千明のペニスは大きく脈動して、淫液を細く噴き上げた。

「あっ、あ……、ぁ……っ」

「千明……」

愛おしげに自分の名を呼んだ紅葉が指に力を入れる。

長い指が根元まで、なめらかに埋まった。硬い指先で奥の肉をずりっと突かれて、千明は首を仰け反らせた。

「あっ、は……っ。あっ」

深く沈められた指がぐるりと回り、すぐにもう一本増える。

内壁が、紅葉の指を歓迎するように蠢き、ぞろぞろと波立つ。

雄の愛撫を誘ってはしたなく纏わりつく粘膜を強くえぐられるたびに、声が高く散る。

「あぁぁっ」

「まだ、さっきの綻びが残ってるな。やわらかい」

ほら、と紅葉が二本の指を広げて孔を開く。

くぱあ、っと肉環が引き伸ばされ、めくられた粘膜に外気を感じ、千明は吐息を震わせた。

「あ、あ、あ……」

「……千明。そろそろ我慢の限界だ。俺を全部、お前の中に挿れさせてくれ」

獣そのものの声で乞われる。待ち焦がれた瞬間の訪れに、興奮を煽られる。

「いいか?」

嫌じゃない、と千明は上擦《うわず》った吐息で応じる。

「……だけど、俺は丸裸で、お前はそんなものを着こんでるのは、ずるくないか?」

告げた直後、千明の身体はやわらかな花の褥《しとね》の上に押し倒されていた。

千明を見下ろしながら、紅葉が袴《はかま》の紐《ひも》を解いた。狩衣や小袖が脱ぎ捨てられてゆく。ほどなく、逞《たくま》しい裸体が千明の眼前に現れた。

無駄なもののすべてがそぎ落とされ、鋭く引き締まった筋肉。瑞々《みずみず》しい張りを湛《たた》え、なめらかにつやめく肌。

そして、隆々とした昂《たかぶ》りを見せつける長大なペニス。丸々とした幹に巻きつく太い血管は音が聞こえそうなほどはっきりと脈動しており、尖った先端からは先走りがしたたり落ちている。

惜しげもなく晒《さら》された長身から放たれる男の色香が濃密すぎて、千明は軽い目眩を覚えた。

「これで、いいか?」

紅葉が笑い、雄々しく天を突く怒張《どちょう》を扱《しご》き上《あ》げる。その動きに合わせて、ぶしゅっ、ぶしゅっと粘り気のある先走りが飛び散る。

千明は返事も忘れて、紅葉の手の中のものに釘《くぎ》づけになった。

幹の太さと長さ。亀頭冠の分厚さと、その反り返り具合の悪辣《あくらつ》さ。そして、幹の根元でどっしりと重たげに実っている陰嚢《いんのう》。

部屋で亀頭を呑みこんだ感触から、大きいだろうとは思っていたけれど、紅葉のそれは千明の想像を遥かに超えていた。

「――大き……」

千明は目を瞠り、ただ呆然と声を落とす。

「大きいのは、お前の中をすみずみまで、奥の奥まで愛するためだ」

「……狼みたいな台詞《セリフ》だな。狐のくせに」

「同じイヌ科だからな」

笑った紅葉が、膝立ちの格好で、千明の腰を引き寄せた。

「あっ」

両腿を掬《すく》われ、腰が高い位置へ上げられる。ペニスと陰嚢が逆さに垂れて、大きくしなり、その振動が体内へ甘い痺れを広げた。

「……んっ」

「千明」

左右に割られた脚の中央に、紅葉が怒張の先端を宛がった。

肉襞に重い圧力が掛かり、表面の皮膚が灼《や》かれる。

「挿れるぞ」

ぐちゅう、っと粘りつく音を立てて、亀頭が肉環をくぐる。そして、そのまま太くて長い幹がずるずると体内へ沈《しず》みこんできた。

「――ああぁっ」

紅葉が、入ってくる。

肉の剣の太々とした切っ先で隘路《あいろ》が掻き分けられ、体内が紅葉の形に掘りこまれてゆく。そのたまらない感覚に、千明は喉を引《ひ》き攣《つ》らせた。

「あ、あ、あ……！」

腰が高く上げられているせいで、圧倒的な質量に征服されるさまが、はっきりと見える。

自分が紅葉のものになる瞬間を身体で感じながら、視覚でもまざまざと知らされ、大きな歓喜が体内で渦巻《うずま》いた。

「ああああぁっ」

ペニスが根元からくねって、白濁《はくだく》を飛ばす。

極まりながら激しく痙攣し、狭まろうとする肉の路が、そのまま容赦《ようしゃ》なく奥へ奥へとえぐられていく。

尖り立つ快感で官能を突き刺されているようで、たまらなかった。

「あぁぁっ！　い、いま……、動く……な……っ」

「無理だ」

舌なめずりをするような獣の声が、返ってくる。

「俺も、初心者マークだからな。とまり方がわからない」

閨房指南をしっかり受けているくせに、こんなときだけ初心者の顔をするなと言ってやりたかったけれど、あとからあとから湧き出てくる快感が強烈すぎて、喘ぎ声しか放てない。

「ああっ。あっ、あ……っ、あ、あ、あ……っ」

みっしりと太いペニスが、どこまでもどこまでも、ずるずると入りこんでくる。

千明は空を蹴って悶えた。このままでは体内を食い破られるのではないか、と恐怖を覚えそうになったとき、ようやく紅葉が腰の動きをとめた。

結合部の皮膚を、陰毛でざりっと擦られたのを感じた。

「あ……、は……」

「千明……」

すべてを自分の体内に沈めた妖狐が、千明を呼んだ。

「お前の中……、夢みたいに気持ちいい」

千明を見つめ、紅葉がひどく甘やかな声を落とす。

「お前は？　俺が、気持ちいいか？」

狂おしい歓喜が、全身の細胞に浸潤《しんじゅん》していく。

体内を紅葉にみっしりと埋め尽くされ、満たされるその充溢感《じゅういつかん》と悦びを言葉で伝える余裕はなく、涙ぐんで頷いたときだった。

肉環付近の圧迫感がやけに強くなる。まるで、紅葉のペニスの根元がぐんぐんと膨らんでいるようだ。

「紅、葉……？」

「悪い」

ばつの悪そうな苦笑が降ってくる。

「いきなりこれを出すつもりはなかったが、お前があんまりイイ顔をするから、堪えきれなかった」

視線をやった結合部が、内側から持ち上げられ、膨らんでいた。

「これ……」

その膨らみの正体は、何となくわかった。亀頭球だ。精液を一滴残らず注ぎこむための、イヌ科の雄のペニスの特性だ。妖狐の身体も、同じ仕組みを持っていたようだ。

「嫌か？」

「……嫌じゃ、ない」

戸惑いがなかったと言えば嘘になる。けれど、紅葉を求める気持ちはとまらなかった。

「紅葉……」

千明がこぼした声を合図にしたかのように、紅葉が大きく脈打った。

直後、ぶしゅうぅっと熱い粘液が噴き出したのを感じた。

「ああっ」

粘膜をねろんねろんと舐め叩かれる重い感触に、千明は腰を揺すって悶えた。

「あ、あ、ぁ……っ」

人ではないものと交わっている証がもたらしたものは恐怖ではなく、たまらない歓喜だった。

これでやっと、駄目だと思いながら、それでもなお強く惹かれ合った紅葉とひとつになれたのだから――。

「千明。お前はこれで、俺のものだ」

有無を言わさない強い声音で断言した紅葉が、千明の手を握った。千明の両手に指を絡ませ、紅葉は腰を小刻みに揺すりはじめた。

ずんずんと突き上げられながら、粘液を大量に撒かれ、それを内壁にこすりつけられる。紅葉の精液が自分の身体の内側へ溶けこんでくる感触が、目眩がするほど気持ちがよかった。

「……ああ。紅葉……。お前も、俺の、狐だ……」

「そうだ。俺はお前のもみじ色の狐だ」

見上げた頭上から、星のような花と一緒に美しい笑みが降ってくる。

幸せだ。夢のように幸せだ。そう思いながら、千明は紅葉の手をぎゅっと握り返した。

無理な高望みをしているわけでもないのに、ずっと恋人ができないことが悲しかった。人並の幸せを手に入れられない不運が辛かった。

けれど、それらはすべて、こうして紅葉に出会い、愛し合うためだったのだ。

深い幸福感に包まれて、千明は愉悦の波に揺さぶられた。


長い――目眩がするほど長かった射精が終わったあと、紅葉は猛りをおさめたペニスをゆっくりと引き抜いた。

「あ、あ……っ」

蕩けきった媚肉をぬるるるるっとこすったそれが、肉環の襞をぬぽっと撥ね上げて抜け出た瞬間、足先に甘い疼きが走り、千明は喉を仰け反らせた。

閉じきらない窄まりから、紅葉に撒かれた雄の精が大量に漏れてくる。とろとろと垂れてくるそれは、粘りつく糸を引いて花の褥へ落ちていく。

「千明。綺麗だ」

まるで粗相をしているようなさまを、紅葉が満足げに眺めている。

「……馬鹿」

恥ずかしかったけれど、隠す気力も体力もなかった。

激しくて、甘くて、狂おしいほどに気持ちがよかった初体験を終えた身体からは、四肢の感覚がほとんどなくなっていた。

ぐったりと横たわる千明を、紅葉が清めてくれた。何もないところから湯の張られた桶やタオルが出てきて、肌の上で混ざり合っていたふたりぶんの体液が丁寧に拭われた。

伴侶が妖狐だととても便利だと思いながら、千明は紅葉に身を任せた。

全身がさっぱりし、やはり空から湧いて出たペットボトルの水を飲ませてもらい、活力が少し戻ってきた頃、紅葉が千明の頬を撫でて言った。

「そう言えば、義母上《ははうえ》が妙なことを仰っていたな」

「え？」

「もみじ色の狐の婿が本当にできたなんて、とか何とか……」

「ああ……」

「あれは、どういう意味だ？　義母上は今日まで、俺の存在をご存じなかったはずじゃないのか？」

隠すようなことでもないので、千明は母親から聞かされた「もみじいろのキツネ」のことを話した。すると、紅葉が「不愉快だ」と鼻筋に皺を刻んだ。

「それはつまり、お前の本当の初恋はその絵本のキツネで、俺は二号だったということか？」

同じ狐とは言え、「もみじいろのキツネ」は絵本の中のキャラクターだ。

二歳だった自分のほのぼのエピソードを披露したつもりだった千明は、真顔で問い質《ただ》してくる美しい妖狐を、ぽかんと見やった。

「……絵本の絵に嫉妬するなよ。記憶にない二歳の頃のことだぞ？」

「俺は生まれてからずっと、身も心もお前に捧げてきた。お前以外を愛したことはないのに、お前は不実だ」

「だったら、俺もお前に訊きたいことがある」

千明は身を起こし、紅葉の逞しい両肩を摑んで詰め寄る。

「何だ？」

「お前の受けた閨房指南、どんなことをどこまで、誰と何回やったんだ？」

「知りたいのか？」

片眉を上げた紅葉に、千明は深い頷きを返す。

「ああ、知りたい」

「じゃあ、俺を夜這いに来たときみたいに、顔に座れよ」

言うなり、紅葉は仰向けになった。

「……どうして？」

「お前の陰部に挟まれるのが気持ちいいからだ」

「……気持ち、いい？」

「ああ。俺の額の上にむちむちしたペニスと陰嚢が載って、会陰が鼻にちょうどフィットする感覚がたまらなかった」

そう答え、紅葉は「訊きたいんだろ？　早く」と千明を手招きした。

千明は躊躇いながら、紅葉の顔に座った。

紅葉の鼻孔を塞がない位置に腰を下ろしたのに、双丘を摑まれて上のほうへ押しやられた。

「あっ」

額の上でペニスと陰嚢が弾む。鼻梁で会陰をこすられ、その尖った鼻先がほころんだままの肉襞にぴたりと密着した。

「……苦しく、ないのか？」

「お前のいい匂いがして、最高に気持ちいい」

確かに呼吸困難で苦しんでいるとは到底思えない、うっとりとした声音を返され、千明は「そうか」と苦笑するしかなかった。

「閨房指南は人形を……生きてるラブドールみたいなものを使ってやってた。指南役が本番の相手になったことはない」

「そうか」

「血の通った相手を抱いたのは、俺もお前が初めてだ、千明」

年上の矜持《きょうじ》があるので、紅葉が誰かを抱いていたとしても、本気で腹を立てたりするつもりはなかった。だが、それでも、紅葉の初めての相手を羨まずにはいられなかっただろうから、嬉しい答えだった。

唇をほころばせた千明を、紅葉が呼んだ。

「千明。約束する。俺は必ずお前を、この世の誰よりも幸せにする」

熱の籠もった誓いに眦がじわりと潤んだときだった。

「だから、毎日これをやってくれ」

続けて聞こえてきた言葉に驚き、千明はまたたいた。

「……毎日?」

「ああ、毎日だ」

ふと、気配を感じて視線をやった背後で、紅葉のペニスが猛々しく勃起し、その幹に太い血管を何本も浮き立たせて脈動していた。

雄の身体の中で一番正直な場所が、弾けんばかりの悦びをあらわにしている。

初めての接触の悪影響なのか、どうやら紅葉はおかしな性癖に目覚めてしまったらしい。

どうしよう、と困ったのは一瞬だった。たぶん、お座りプレイなんて相当マニアックなことなのだろうけれど、紅葉が望むことは叶えてやりたいと千明は思った。

美しくて優しいもみじ色の狐と、愛らしい花降らし猫と生涯を共にできる自分は、もう世界一の幸せ者だ。だから、紅葉にも幸せになってほしかった。

「仕方のない狐だな」

苦笑した千明の腰の下で、甘やかな声が響く。

「愛してる、千明」

普通とは少し違う幸せを感じながら、千明は「俺も」と笑った。

あとがき

AFTERWORD

―鳥谷しず―


　前作のあとがきでタヌキのことをあれこれ書きましたが、今回は狐です。私にとって狐と言えば「ごんぎつね」でも「赤いきつね」でも「エキノコックス」でも「酸っぱいブドウ」でもなく、もっふもふの楽園・宮城蔵王《みやぎざおう》キツネ村の、入り口に「うおー！」な格好で立っている巨大ゴリラです。キツネ村なのになぜゴリラ。摩訶《まか》不思議です。私には、名古屋《なごや》の動物園にいるイケメンゴリラのシャバーニを一目見たいとか、キレたおっさんのように叫ぶフクロテナガザルのケイジの「あ―――！」を聞きたいとか、いつか叶《かな》えたい動物にまつわる夢が色々ありますが、キツネ村の巨大ゴリラの写真を撮《と》ってTwitterにアップし、「キツネ村なのにゴリラ。キツネ村なのにゴリラ」と呟きたい、というのもそのひとつです。

　キツネ村にいつか行くんだ……と思いながら書いた今作では、笠井《かさい》あゆみ先生にとても素晴らしい美麗《びれい》イラストを描いていただきました！　感動です!!　感涙です!!　笠井先生、そして、担当様はじめ今作に関わってくださった皆様、何よりお手に取ってくださった読者様、本当にありがとうございます！

　追伸。次のページから始まるSSには獣○が含まれますので、○姦が苦手な方はお気をつけください。

北の大地で愛芽吹く

「桜を追いかけて北へ旅」も残り二日となったその日の朝、千明《ちあき》たちは北海道へ上陸した。函館《はこだて》駅から紅葉《こうよう》がハンドルを握ったレンタカーで一時間ほど走り、森の中の小さなホテルに到着した。

「いらっしゃいませ。遠いところを、ようこそおいでくださいました」

「お疲れになったでしょう?」

「ううん。大きな海が見られて、楽しかったよ」

愛想よく出迎えてくれた若い男女に、紅葉の肩に乗っていた猫宮《ねこみや》が尻尾を振って答える。

喋《しゃべ》って空を飛ぶ子猫を連れたこの旅では、妖魔が運営するホテルや旅館を宿泊場所にしている。ここは、白犀《しろさい》の青年と人間の女性の夫婦が切り盛りするホテルだという。

複数の会社を所有する紅葉はこのホテルと保養所契約を結んでいて、今日と明日は千明たち三人だけの貸し切りになっているらしい。

「まあ、それはようございましたね」

千明より少し年下だろう女性が猫宮と目を合わせ、優しげに笑う。

「お昼には少し早い時間ですが、すぐにお食事になさいますか？」

完全な人の姿だけれど、大柄《おおがら》な体格と穏やかそうな目に白犀の雰囲気《ふんいき》を漂《ただよ》わせる若い支配人に問われ、紅葉が「いや」と首を振る。そのあとを猫宮が継ぐ。

「あのね。ぼくたち、最初に桜を見に行くの。ここはたくさん咲いてるんでしょう？」

この旅ですっかり桜に魅了された猫宮がうきうきと言うと、白犀の支配人はとても自慢げな表情になって「はい」と大きく頷いた。

「この裏手が、桜の森になっております。当ホテルの私有地で、皆様がお泊まりのあいだ、ほかのお客様はいらっしゃいませんので、ごゆっくりお楽しみください」


四月の北海道はまだ寒い。凛《りん》と澄んで冷たい春風が吹くと、桜の花びらがいっせいに舞い上がり、辺り一面を透き通ったピンク色に染めた。

「わあ！　桜のトルネード！」

喜んだ猫宮が、紅葉の肩から桜の海へダイブする。ブルーグレイの小さな身体の下に花びらの絨毯《じゅうたん》ができ、猫宮はそれに乗って、舞い散る桜と共に空を飛ぶ。

「はな、はな、ぶーん！　はな、はな、ぶうーん！」

楽しそうにはしゃぐ様子に、千明は紅葉と微笑《ほほえ》み合《あ》う。

「あんなに喜ぶなんて、連れてきた甲斐《かい》があったな、紅葉」

「ああ」

いつまでも眺めていられる可愛《かわい》らしい姿を撮影《さつえい》しようと、千明はスプリングコートのポケットからスマートフォンを取り出す。そして、桜の海の中の猫宮をカメラレンズで追っていたとき、電話が鳴った。今は嫁《とつ》ぎ先の大分《おおいた》に住む姉からだった。

『あ、千明？　お母さんから聞いたけど、あんたんちの猫、花に乗って飛ぶんですって？』

妙に勢いこんで訊《き》かれ、千明は「うん。今も飛んでるよ」と苦笑を返す。

『写真、送って！　あれば、動画も！　こっちで、皆が見たがってるの。猫又《ねこまた》は珍しくないけど、空を飛ぶ猫又なんて誰も見たことがないから』

姉が嫁いだ先は、もう一族とは言えないほど血が薄まってはいるものの、鳳《おおとり》に連《つら》なる家系で、義母と夫はその道では名の知られたフラワーアーティストだ。だからなのか、花に乗って空を飛ぶ子猫に家族ぐるみで興味津々《しんしん》らしい。

リクエストに従い、撮《と》れたての動画を含め、スマートフォンの中の「猫宮、成長の記録」を送ると、電話の向こうの空気が一気に賑《にぎ》やいだ。「やだー、キュート！」と姉が高く放った黄色い声に雑じって、複数の男女が「えらしい」「えらしい」と繰り返す言葉が聞こえてくる。

たぶん、「可愛《かわい》い」という意味の大分弁だろう。

猫宮の愛らしさをひとしきり褒《ほ》めてくれたあと、姉は「千明、そのうち、こっちへも遊びに来なさいよ。猫宮ちゃんと狐のお婿《むこ》さんと一緒に」と言った。

「うん、行くよ」

笑って頷き、二言、三言言葉を交わしてから、千明は電話を切った。

「どこへ行くんだ？」

「大分の姉さんのところ。猫宮を見たいから、皆で遊びに来いってさ」

駄目だとわかっているのに、強烈に惹《ひ》かれ合《あ》うのは、自分たちが宿星神《しゅくせいしん》の定めた運命の相手だったから。そんな驚きの事実が判明して拍子抜けをした翌日、千明と紅葉は猫宮を連れて旅に出た。常に色々な花が季節を無視して狂い咲きをしている家の庭ではわかりにくい「春」を猫宮に教えるために。それから、残り二週間となった千明の休暇を有意義に過ごすために。

てっきり式神泥棒《どろぼう》になってしまったと思い込み、心配と迷惑を掛けた実家と本家に旅先から詫《わ》びの品を贈りながら桜を追って北上するあいだに、互いのことをたくさん話した。

もちろん、嫁いだ姉のことも。目の前は海水浴も釣りも楽しめる穴場の海、反対側の山のほうへ少し歩けば温泉という姉の家の立地に興味を示していた紅葉は「じゃあ、夏に行くと伝えておいてくれ」と言った。

「夏？」

「ああ。お前は仕事が忙しいだろうから、俺と猫宮のふたりで行ってくる。せっかくの誘いだし、猫宮に泳ぎと海釣《づ》りを教えるのにちょうどいいからな」

「俺も仕事を早めに切り上げて、同行する」

「予定に間に合わなかったら、容赦《ようしゃ》なく置いていくぞ」

「主《あるじ》を置き去りにするなんて、酷《ひど》い狐だな」

「目的は猫宮の修学旅行だから、仕方ない」

周囲には誰の目もないけれど、まだ人の姿のままでいる紅葉と手を繋《つな》ぎ、楽しそうに空を飛ぶ猫宮のあとをついて桜の森を散策する。

三人で他愛《たわい》もない話をするうちに、あまりにいい景色なので、ここで食事をとろうということになった。紅葉が白犀の支配人に電話で伝えると、すぐにバスケットを咥《くわ》えたアオサギが飛んできた。「ごゆっくり、どうぞ」と渡されたバスケットの中には、サンドイッチやサラダ、肉料理に果物《くだもの》、それから花見酒用の吟醸酒《ぎんじょうしゅ》も入っていた。

桜の下で、三人揃《そろ》って食事と酒を楽しんだ。果実酒のように甘い酒が特に美味《うま》かった。呷《あお》る手がとまらず、気がつくと少し暑いと感じるほどに杯《さかずき》を重ねていた。

スプリングコートを脱ぎ、火照《ほて》る顔を手で扇《あお》いでいると、デザートのいちごを食べ終えた猫宮が若草の上にころんと転がった。

「ふう。お腹いっぱい」

猫宮は膨《ふく》らんだ腹を抱《かか》え、大きなあくびをした。それから、「くしゅっ、くしゅっ」とくしゃみをふたつ。千明は、慌てて猫宮を抱き上げる。

「寒いのか、猫宮」

「ううん、大丈夫」

ふるふると首を振って答えた猫宮の隣で、紅葉がその姿を変えた。

——本性である、もみじ色の妖狐に。

「子供がやせ我慢をするな。入ってろ」

足もとに落ちたニットを貸すのかと思ったが、紅葉は「ほら」と長い尾を振った。

すると、「うん！」と顔を輝かせた猫宮が、ふっさりした紅色《くれないいろ》の尻尾《しっぽ》の中へ頭から突っこんだ。もぞもぞと動いて方向転換し、小さな顔をちょこっと出す。

「ぬっくぬく！」

嬉しそうに笑った猫宮は紅葉の尾を毛布にして、空を見上げた。

真上の桜の枝から、花びらがはらはら降ってくる。

「きれい」

「ああ。これが日本の春だぞ、猫宮」

千明が微笑むと、猫宮は「これが、にっぽんの春！」と復唱した。

「ぼく、ちゃんと覚えたよ。にっぽんの春は、桜だらけ！」

笑って言った満腹の子猫は、ふわふわの尻尾に包まれて眠くなったようだ。瞼《まぶた》がとろとろと落ちたかと思うと、すぐにかすかな寝息が聞こえ出した。

「もう戻ろうか」

あどけない寝顔の写真を撮って千明が言うと、紅葉が「そうだな」と頷く。そこへ、先ほどのアオサギが飛んできた。

「そろそろお食事もおすみの頃合いかと思いまして。何かご用はございませんか？　新しいお酒など、お持ちいたしましょうか」

「いや。酒はいいが、ちょうどよかった。こいつを、そこのニットでくるんで、部屋へ運んでおいてくれるか」

紅葉が視線で、尻尾の下の猫宮を指す。

「起こさないように、そっとな」

「承知いたしました」

アオサギが人の姿になる。紅葉の着ていたニットに猫宮を優しく包みこんで抱き上げ、もう片方の手で空《から》になったバスケットを持ち、「では、ごゆっくり」とホテルのほうへ歩いて行く。

「猫宮のはしゃぐ声がしなくなると、音が消えたみたいに静かに感じるよな」

「まあ、そうだな」

応じた紅葉のヒゲが、春風にそよぐ。

せっかくなので、ふたりきりの花見をもう少し続けることにしたらしいもみじ色の妖狐にもたれかかり、千明は囁く。

「るーるる」

「……そう呼ばれて狐が寄ってくるのは、テレビの中だけだぞ」

知ってる、とゆるませた頰を舐《な》められる。紅葉のこの姿を見るのは召還《しょうかん》した日以来だったので嬉しくなり、千明はぎゅっと腕を回して、つやつやした被毛《ひもう》の中へ顔を埋《うず》めた。

猫宮がすぐに眠ってしまったのも無理はないと思うほど、温かくて気持ちがよかった。少し酔《よ》っていたせいもあって、「るーるる」と囁きを繰り返しながら頰ずりをしつこく続けていると、ふいに身体を押し倒された。

「こんなところで、誘ってるのか、酔っ払い」

淡い色の花びらが舞い散る幻想的な美しさと、かすかな葉擦《はず》れの音と小鳥の囀《さえず》りしか聞こえてこない静けさ。そして、心地よいほろ酔い気分に流されて、千明は「そうかも」と笑う。

初めてのときも庭だったし、この旅行中はずっと三人で一部屋に泊まっていたので二度目はまだだ。だから、ここが外だということはあまり気にならず、千明は芽吹いた欲望に促《うなが》されるまま、美しい妖狐を抱きしめた。

紅葉が何か術を使ったようだ。ジーンズが下着と一緒にひとりでに下がって、脱げた。

熱を帯びた肌には、冷たいというより心地よく感じる外気に包まれた脚のあいだに、体勢を変えた紅葉が割りこんでくる。

づけてきた。

内腿《うちもも》をやわらかな被毛で撫《な》でられ、脚が自然と開く。あらわになった秘部に、紅葉が顔を近
「あ……」

「あっ」

後孔《こうこう》の表面をぬるりと舐められた。くすぐったいだけの、ごくささやかな愛撫《あいぶ》だったけれど、
甘美な疼《うず》きを感じて腰が浮いた。

反射的に肉環がきゅうっと窄《すぼ》まった瞬間、その中央を舌で突き刺された。

「ひうぅっ」

温かくて弾力性のある舌で、隘路《あいろ》をぐぼっとこじ開けられる。

荒々しい侵入物に驚いた粘膜がますます収縮しようとする動きを撥《は》ねのけ、長い舌がずるるるるっと奥へ入りこんできた。

「あっ、あっ……」

隘路の中を紅葉の舌がうねうねと進みながら、内部に唾液《だえき》をこすりつけてくる。

ひくひくと蠕動《ぜんどう》する媚肉《びにく》を舌先でえぐられ、未熟な硬さをほぐすように舐め叩かれて、肌が一気に燃え上がる。同時に、根元から勢いよくしなり躍《おど》って勃起《ぼっき》したペニスが、その反動でぶるんぶるんと穂先を揺らす。

「あ、ぁ……。こ、こう、よ……っ。そんなに、したら……っ」

自分の脚のあいだで激しく上下する紅葉の頭に指を絡みつかせると、肉筒の中で舌が大きく閃《ひらめ》いた。

「ああぁっ」

紅葉の舌がさらに侵入を深める。ひくつく内壁をぐりりっと掘られ、右へ左へと自在に跳ねる舌先で中を掻《か》き回される。

獣の唾液をたっぷり含まされた肉筒から、ぐぷっぐぷっと粘着質な水音が響き出す。体内が摩擦熱《まさつねつ》で蕩《とろ》けはじめた音だ。

「あっ、あっ、あっ」

はしたない音に鼓膜《こまく》を刺され、唇からこぼれる息が荒くなる。下腹部で反《そ》り返っている屹立《きつりつ》の先端も、いつの間にか濡れた。ちょうどこちらを向いて、ふちをぞろぞろとひくつかせる秘唇の奥から、淫液《いんえき》が糸を引いて垂《た》れ落ちている。

腰を刺す疼《うず》きがたまらず、千明は身をよじった。

「ふっ、くぅ……っ。紅、葉……っ。も……、もう……っ」

せり上がってくる絶頂感に、紅葉の大きな三角耳の根元に爪を立てた。

顔を上げた紅葉が、千明を見つめて舌なめずりをしながら腰を跨《また》いだ。その後ろ脚のあいだでは、人のものとは形状の違う獣のペニスが猛《たけ》っていた。

亀頭《きとう》のない、つるりとした肉の棒が、真っ赤に張りつめてびくびくと脈動している。

「千明……」

紅葉が腰を落とす。会陰《えいん》をずりぃっとこすったそれが、千明の肉環へ辿《たど》りつく。

「――その、まま……、挿《い》れる、のか……？」

誘ったのは自分だし、舐められるだけなら気持ちがよかった。けれど、てっきり、挿入《そうにゅう》のときには人の姿に戻るのだろうと思っていたので、千明は驚いて腰を逃がした。

「狐の俺は、嫌か？」

嫌だと拒《こば》めば無理強《じ》いはしないとわかる声で問われ、迷ったものの、答えはすぐに出た。

千明にとって、紅葉は生涯でたったひとりだけの伴侶《はんりょ》だ。自分はいつかきっと、紅葉のすべてを知りたくなって、求めるはずだ。だったら、それが今でもいいと思ったのだ。

「……嫌じゃ、ない」

告げた唇を優しく舐められた直後、肉環に熱塊《ねっかい》が当たった。

舌でほぐされ、ぐっしょりと濡れていた襞《ひだ》が、その先端に自ら吸いついたのを感じた。

「あっ」

尖った先端に、肉環がぐぼっと貫かれる。

「――あぁっ！」

亀頭がないぶん、なめらかに埋まったものは、人の姿をしているときのそれよりもいくぶん細く、けれどもずっと長い。ずぶずぶとどこまでも侵《おか》される感覚に、目眩《めまい》がした。

「千明。お前の中に俺が吸いこまれていく」

どうにかなりそうだ、とかすかに上擦《うわず》った声で笑った紅葉が、力強く腰を突き出す。

「ひうぅっ」

最奥《さいおう》に重い一撃を送りこんだペニスが、凄《すさ》まじい速さで浅い抽挿《ちゅうそう》を始める。

「あああぁ！」

逞《たくま》しくて長いペニスが、千明の中を出入りする。

ずんっと奥を突き刺したかと思うと、次の瞬間には根元の太い部分がぬりりっと外へ抜け出て、すぐにまた戻ってきて肉筒の深部に硬い先端を突き刺す。

ずぼずぼぬちゅぬちゅと猛々しい出入りが繰り返され、体内が紅葉の形に広げられてゆく。

「あ、あ、あ……。こう、よう……、紅葉……っ」

官能が串刺《くしざ》しにされるような歓喜が頭の中で吹き荒れ、千明は紅葉の腰に脚を絡みつけた。

そのときだった。肉環付近の浅い部分の粘膜がぐうぅうっと引き伸ばされるのを感じた。そして、隘路の中で大きくうねったペニスの先がさらに奥へと伸びてきて、精を吐き出した。

「千明……」

びゅろびゅろと勢いよく撒《ま》かれる熱い粘液に、蕩けた媚肉が強《したた》かに叩かれ、脳髄《のうずい》が震える。

体内が、雄《おす》のねっとりとした欲情で重く満たされ、歓喜が膨張《ぼうちょう》していった。

幸せだ、と思いながら千明は紅葉にしがみつき、極まった。

この本を読んでのご意見、ご感想などをお寄せください。
鳥谷しず華先生・笠井あゆみ先生へのはげましのおたよりもお待ちしております。

〒113-0024　東京都文京区西片2-19-18　新書館
[編集部へのご意見・ご感想] ディアプラス編集部「紅狐の初恋草子」係
[先生方へのおたより] ディアプラス編集部気付　○○先生

- 初出 -
紅狐の初恋草子：書き下ろし
北の大地で愛芽吹く：書き下ろし

[くれないぎつねのはつこいぞうし]
紅狐の初恋草子

著者：鳥谷しず とりたに・しず

初版発行：2018年1月25日

発行所：株式会社 新書館
[編集] 〒113-0024
東京都文京区西片2-19-18　電話（03）3811-2631
[営業] 〒174-0043
東京都板橋区坂下1-22-14　電話（03）5970-3840
[URL] http://www.shinshokan.co.jp/

印刷・製本：株式会社光邦

ISBN978-4-403-52444-8 ©Shizu TORITANI 2018 Printed in Japan